Edgar

Tradução para a língua portuguesa
© Marcia Heloisa, 2018

Ilustrações © Hokama Souza, 2018

Diretor Editorial
Christiano Menezes

Diretor Comercial
Chico de Assis

Diretor de Novos Negócios
Marcel Souto Maior

Diretora de Estratégia Editorial
Raquel Moritz

Gerente Comercial
Fernando Madeira

Gerente de Marca
Arthur Moraes

Editor
Bruno Dorigatti

Capa e Projeto Gráfico
Retina 78

Coordenador de Diagramação
Sergio Chaves

Revisão
Gustavo Feix
Marlon Magno
Máximo Ribera
Retina Conteúdo

Finalização
Sandro Tagliamento

Marketing Estratégico
Ag. Mandíbula

Impressão e Acabamento
Gráfica Geográfica

DADOS INTERNACIONAIS DE CATALOGAÇÃO NA PUBLICAÇÃO (CIP)
Angélica Ilacqua CRB-8/7057

Poe, Edgar Allan, 1809-1849
  Edgar Allan Poe : medo clássico : volume 2 / Edgar Allan Poe ; tradução de Marcia Heloisa. — Rio de Janeiro : DarkSide Books, 2018.
  240 p.

  ISBN: 978-85-9454-120-8

  1. Ficção norte-americana 2. Contos de terror 3. Ficção policial
  I. Título II. Heloisa, Marcia

18-0486   CDD 813.6

    Índices para catálogo sistemático:
    1. Ficção norte-americana : contos

[2018, 2024]
Todos os direitos desta edição reservados à
DarkSide® Entretenimento LTDA.
Rua General Roca, 935/504 — Tijuca
20521-071 — Rio de Janeiro — RJ — Brasil
www.darksidebooks.com

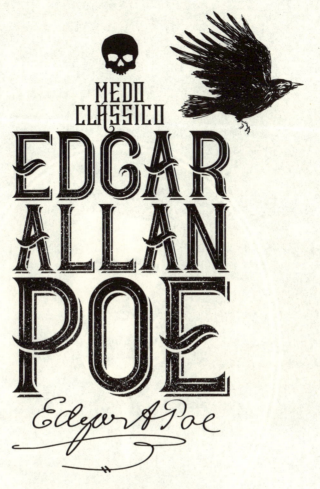

MEDO CLÁSSICO
EDGAR ALLAN POE

Tradução
MARCIA HELOISA

Ilustrações
HOKAMA SOUZA

DARKSIDE

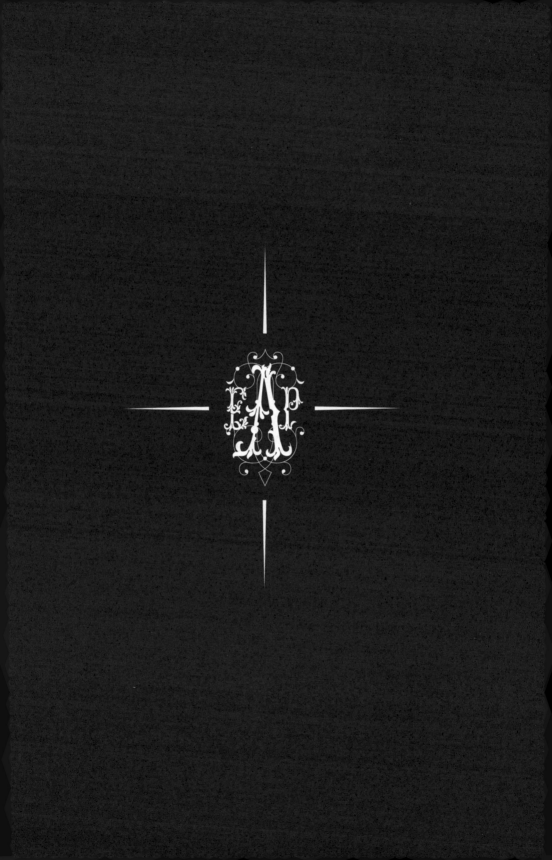

SUMÁRIO

Introdução DarkSide 11

O ENIGMA DOS DUPLOS

Morella (1835) 23
William Wilson (1839) 31
O homem da multidão (1840) 53
O retrato oval (1842) 65

CRIAS DO GROTESCO

O Anjo do Bizarro. Uma História Extravagante (1844) . 73
O demônio da perversidade (1845) 85
Breve colóquio com uma múmia (1845) 93
Hop-Frog ou Os Oito Orangotangos Acorrentados (1849) 111

NO LIMIAR DA MORTE

Uma descida ao Mælström (1841) 125
A caixa oblonga (1844) 143
O enterro prematuro (1844) 157
A verdade sobre o caso do Sr. Valdemar (1845) ... 173

POEMAS

Lenore (1842) 188
Um sonho dentro de um sonho (1849) 190
Annabel Lee (1849) 192

CARTAS

Cartas de Edgar Allan Pœ 197

Linha do Tempo/Álbum de Família 226

◆ INTRODUÇÃO ◆

INTRODUÇÃO
DARKSIDE

por
MARCIA HELOISA
2018

Há um ano, trouxemos Edgar Allan Poe dos mortos.

É bem verdade que ele sempre esteve entre nós, manifestando-se em despercebida frequência para os incautos e em cúmplice onipresença aos iniciados. Mas, desde que o castelo DarkSide foi erguido, com ameias góticas que recortam o poente carioca em filetes de vermelho-sangue, o Mestre andava inquieto, à espera de um convite. Nós chamamos, ele ouviu e — como não poderia ser diferente — veio para ficar.

Poe, o homem que sempre teve muito a dizer, é autor para vários volumes. Quando imaginamos esgotar os contos, eis que surgem outros; quando abarcamos os poemas, nos deparamos com as cartas; quando as cartas nos parecem findas, proliferam-se os artigos, as críticas literárias, as farsas. Foi natural que, no primeiro volume desta coleção, um ávido Poe tenha convidado os leitores a reconhecer as obras mais célebres de sua galeria, guiando-os por sua exuberante prosa arabesca, repleta de vinganças, mistérios e mulheres deslumbrantes morrendo, mortas ou prestes a morrer. Mas Poe — o Poderoso Chefão do horror, a quem todos os afilhados do gênero beijam a mão em busca de uma bênção — não é apenas o precursor da prosa detetivesca, o bandeirante das narrativas de ficção científica e poeta virtuose. É também o criador de histórias sinistras sobre os abismos da psiquê humana, forjador de impecáveis criptogramas e mestre do grotesco: cômico, extravagante, picaresco, nonsense e exímio pregador de peças. Agora que autor e leitores já se fizeram íntimos, é chegado o momento de Poe bater de leve à porta de seus aposentos no meio da noite, castiçal em punho, e perguntar se querem ouvir mais uma ou duas histórias... ou doze.

O tema principal do autor, como sabemos, é a morte. Alguns pesquisadores e biógrafos esforçam-se para diluir a nefasta monomania do poeta alegando que, no período vitoriano, *todos* eram obcecados pela morte. A alegação procede — houve de fato no século de Poe um fascínio mais ardente por esse assunto que, como sabemos, não está de modo algum circunscrito a um único período da história ou é exclusividade de uma cultura específica. Contudo, embora a obsessão de Poe fosse, até certo ponto, um reflexo do *Zeitgeist* oitocentista, examinada mais de perto revela aspectos bastante particulares. A morte, na sua experiência pessoal, não trazia apenas a extinção inexorável da existência de um ser amado; junto da dor da perda, havia um elemento pertinaz, que acompanhou todos os seus lutos: uma exortação compulsória à transformação, que parecia instá-lo a enterrar uma parte de si mesmo com os mortos amados — mas a seguir vivendo. Sua obra, nesse sentido, não é um compêndio de desencantos e sim atestado de admirável empenho de sobrevivência.

Se no primeiro volume desta coleção vimos crimes e criminosos, agentes e emissários da morte — e até mesmo a própria ceifadora —, agora encontraremos aqueles que por ela foram tocados: suas vítimas, involuntárias e voluntárias, os que temem e os que desejam o fim. Os contos, poemas e cartas aqui reunidos nos oferecem alguns *insights* de Poe acerca da finitude humana: a enfermidade que sentencia ao nada corpo e espírito exaustos da vida, a pulsão destruidora que nos impele ao temerário precipício, a inescapável certeza do túmulo e o desamparo que sucede à perda, a solidão do nunca mais. A morte da mulher Virginia mudou de vez o tom de nosso poeta que, a despeito da imagem de loquaz boêmio e beberrão inveterado, cedia ao álcool sem nenhuma promessa de júbilo, encharcando apenas sua alma fustigada por uma miríade de tristezas. "Na morte daquela que era minha vida, recebi uma nova existência, mas, meu Deus, como é melancólica!", escreveu o viúvo a um de seus amigos. Alternando silenciosos surtos de produção com retumbantes fracassos, Poe sobreviveu à esposa por dois anos, a dois noivados, a uma tentativa de suicídio e à publicação do que considerava sua obra-prima: o poema, ensaio e tratado científico "Eureka". Incapaz de realizar o grande sonho de ter sua própria revista literária, ganhar algum dinheiro para garantir o bem-estar da tia Maria Clemm e encontrar algum conforto (afetivo e material) em um segundo casamento, Poe finalmente capitulou. "Não adianta mais tentar me dissuadir: eu *preciso* morrer", escreveu ele para sua querida Maria. Três meses depois, Poe teria seu desejo atendido e deixaria, enfim, o que chamou em uma poema de "essa febre, chamada vida". Sua obra, no entanto, o mantém vivo, atual e, agora na DarkSide, cada vez mais *nosso*.

Inauguramos a longa madrugada com Poe com quatro contos que têm em comum a obsessão doentia dos protagonistas por figuras que representam, de modo inequívoco ou alegórico, duplos enigmáticos. A temática logo aponta dois caminhos especulativos de interpretação: o biográfico e o psicanalítico. Nenhum dos dois é uma via segura; interpretar em excesso é sufocar o texto. Contudo, o motivo pelo qual a temática do duplo, sobretudo em "William Wilson", parece convidar comparações com a vida do nosso autor é compreensível. Edgar é duplo até mesmo no nome: carrega o sobrenome de John Allan, o escocês rico que o criou em uma mansão e custeou seus estudos nos melhores colégios da Inglaterra, e o de David Poe, seu pai biológico, um ator itinerante de teatro, pobre, fracassado e alcoólatra, que abandonou a família quando ele ainda era um bebê. Além de ter tido dois pais, duas mães e incorporar o nome de duas famílias, pode-se dizer até mesmo que, na juventude, dois Poes, idênticos e antitéticos, compartilharam a mesma existência: o poeta e o *self-made man*. Isso aconteceu porque o escritor, embora tivesse herdado o sangue artístico, dramático e performático de seus pais biológicos, foi criado por um rígido comerciante que via as aspirações literárias do jovem Edgar como perda de tempo. Doutrinado durante anos para sufocá-las, Poe via-se constantemente dividido entre a miragem da poesia e a aridez de uma vida mercantil. Após uma carreira acadêmica frustrada, uma passagem bem-sucedida pelo Exército (em que alcançou a mais alta patente de suboficial, chegando a sargento-mor) e uma expulsão desastrosa da academia militar, finalmente decidiu não mais aprisionar sua alma criativa em um corpo operário das aspirações mundanas. Gostaria de poder dizer que nosso herói venceu seu próprio duplo, mas, como veremos ao longo deste volume, o pior antagonista do autor sempre foi ele mesmo.

Além do jogo de erros em busca de semelhanças e discrepâncias com a vida real, com o passar dos anos a crítica literária também estabeleceu um filtro psicanalítico para a leitura de alguns contos de Poe, usando sobretudo Sigmund Freud como uma espécie de óculos 3-D, sem o qual o material original parece embaçado. Esse viés apoia-se principalmente no conceito freudiano do *inquietante* que, em grossíssimas linhas, podemos resumir como um sentimento de angústia diante de algo que é estranho e familiar ao mesmo tempo. Em seu ensaio sobre o tema, Freud discorre sobre o duplo ou sósia: "pessoas que, pela aparência igual, devem ser consideradas idênticas" e que, por um processo psíquico, apresentam "os sentimentos e as vivências da outra".[1] É esse o território do *doppelgänger*, a criatura fantástica das antigas lendas germânicas, a mítica cópia idêntica que todos nós teríamos, solta em algum lugar do mundo, fazendo o oposto de tudo que nós faríamos. Buscando desvendar o enigma dos duplos no escritor, abrimos o volume com um bloco inteiro dedicado aos amantes dos labirintos do inconsciente: "Morella", "William Wilson", "O homem da multidão" e "O retrato oval".

Em "Morella", o duplo manifesta-se após a morte, restaurando a personagem-título à vida de modo surpreendente. O conto, escrito em 1835, traz um elemento que continua a inspirar a economia do

---

[1] Ver S. Freud, "O Inquietante" in: *Obras Completas* vol. 14 (Companhia das Letras, 2010, trad. Paulo César Souza). [As notas são da Tradutora, salvo indicação contrária.]

horror até os dias de hoje: a presença de uma criança que, embora não seja má, é *inquietantemente* sinistra. A aparição é breve, mas memorável, e não fica atrás de algumas das crianças mais sinistras do horror nos séculos seguintes, como a serial killer Rhoda de *Menina má*,[2] os alienígenas telepatas de *A aldeia dos condenados* ou a sociopata com problemas glandulares de *A órfã*.

Em "William Wilson", o narrador é assombrado por um homônimo misterioso que, apesar de fisicamente idêntico, comporta-se como seu contraponto ético, frustrando as intenções desonrosas do protagonista e denunciando suas infrações. Wilson, que compartilha com Poe a mesma data de nascimento e estuda na mesma escola do reverendo Bransby, onde o autor estudou na Inglaterra, depara-se com seu duplo ainda na infância e é por ele perseguido até sua morte. Atuando como uma espécie de personificação da consciência do narrador, o duplo concentra e extrapola suas qualidades louváveis, tornando-se a expressão do bem em um processo de decantação moral que relega ao protagonista o grosso do que entendemos por maldade. A identidade do duplo mantém-se envolta em ambiguidades — a elegância narrativa de Poe não comporta didatismos, embora dê algumas pistas ao leitor.[3]

Em "O homem da multidão", o contemplativo *flâneur* se transforma em maníaco *stalker* e, tomado por um afã persecutório inexplicável, parte no encalço de um desconhecido pelas ruas de Londres para concluir que a solidão da massa na metrópole só não é maior do que a impenetrabilidade do indivíduo. O estranho perseguido, impermeável ao escrutínio do narrador, pode assim ser finalmente lido como mais do que "um velho visto pelo vidro", e sim um reflexo captado no espelho.

Por fim, em "O retrato oval", um pintor obcecado em retratar sua amada alcança excelência na arte à custa de um sacrifício radical. Como o retrato de Dorian Gray — da criação literária homônima de Oscar Wilde, que só surgiria meio século mais tarde na Europa —, o duplo em Poe tem sua existência fatalmente ligada àquele que o engendra.

---

2   DarkSide® Books, 2016. Trad. Simone Campos.
3   Uma delas está — *alerta de spoiler!* — no sobrenome do personagem: Will son, filho de William, sugerindo que o duplo foi engendrado por William; ele é, em outras palavras, sua cria.

Como eu disse, uma longa madrugada: começamos com uma história de amizade-talvez-amor e metempsicose, e terminamos com um homicídio-suicídio sadomasoquista, passando por duas pérolas literárias que exploram com quase indelicada minúcia a relação de seus protagonistas com suas sombras — aquilo que somos a despeito de nós mesmos, o refugo de nossas angústias, a consolidação de nossos complexos.

Entusiasmados pelas elucubrações desse primeiro bloco, nossos já bem despertos leitores podem receber alguns convidados trazidos por Poe. O primeiro a esmurrar a aldrava da porta é o "Anjo do Bizarro", uma criatura que "desafia qualquer descrição, embora não seja indescritível". O conto, que foi definido pelo autor como "uma extravagância", exibe o lado mais debochado e cômico de nosso poeta, mas deixa um ressaibo agridoce no paladar do leitor. Afinal, assim como "O barril de Amontillado" e "O gato preto", é um conto que especula a influência desastrosa do álcool na sina do indivíduo que tem um fraco por excessos. A monstruosidade do Anjo, assim como a dos duplos do primeiro bloco, é apenas reflexo especular da sombra do narrador, materializada em carne e osso — ou, no caso do Anjo, em barris de rum e garrafas de licor.

É claro que a cisão completa do nosso lado obscuro, concentrado e personificado por um outro a quem antagonizamos em repúdio, é mais confortável do que a ideia de sermos luz e sombra ao mesmo tempo. Todo um alicerce moral corre o risco de despencar quando admitimos que existe, em todos nós, o bom e o mau, o sóbrio e o ébrio, o contido e o alucinado. Mas, para além daquele que não conhecemos e que responde pelos nossos pecados, existe outro duplo, ainda mais perturbador: o que convive conosco, no mesmo corpo. Poe conheceu de perto o dele, a quem batizou de "demônio da perversidade". O leitor ávido em detectar elementos biográficos na obra do escritor pode começar a arregaçar suas imaginárias mangas e abrir seu não menos imaginário mapa do tesouro sobre a mesa: um bom explorador não sairá dessa aventura de mãos vazias. Afinal de contas, Edgar Allan Poe, durante toda a sua vida adulta, foi um Jekyll perseguido por seu Hyde. Assim como o Médico tomava uma poção para libertar o Monstro,

Poe, segundo seus conhecidos, "com *uma única* taça de vinho alterava completamente sua natureza, transformando-se em um verdadeiro demônio". Menos criatura do que traço de caráter, o "demônio da perversidade" manifesta-se, não obstante, como figura espectral que nos ronda e assedia, persuadindo aqueles a quem possui a serem eles os próprios instrumentos de sua ruína. Talvez seja o conto mais biográfico de Poe, cuja capacidade espantosa de se sabotar era célebre entre seus detratores e reconhecida com muito pesar também pelos seus amigos. Com quase previsível regularidade, Poe eliminava chances de sucesso, estabilidade financeira e inserção social em todos os círculos literários por onde passava, movido por um ímpeto autodestrutivo que não era, necessariamente, instigado pelo álcool. Muitos insistem em associar o demônio da perversidade do autor à bebida, mas cabe lembrar, como disse o próprio escritor: "A insanidade vinha primeiro, a bebida depois".

É chegada então a hora de nosso "Breve colóquio com uma múmia". Um verdadeiro achado, o conto apresenta um dos personagens mais surpreendentemente vitorianos da galeria de Poe: a falante múmia Tudenganon que, uma vez liberta de suas mortuárias bandagens, fica bastante à vontade de monóculo, suspensórios e casaca. No entanto, por trás da fachada cômica, há no conto angústia palpável tanto com a aniquilação pontual do indivíduo como com a extinção da história humana. É, em última instância, uma narrativa sobre preservação e memória, que sugere que a única solução contra o esquecimento é manter-se vivo — ainda que mumificado por longos séculos.

Encerrando nossa pândega, temos "Hop-Frog", o diminuto bufão coxo que, após uma vida de *bullying*, decide se vingar de um rei arrogante e tirânico em grande estilo. Ao contrário dos demais homicidas de Poe, que muitas vezes cometem seus crimes por motivos inócuos, Hop-Frog está mais para herói justiceiro do que *psycho killer*. O resultado é um conto intrigante — e um dos últimos do autor, publicado meses antes de sua morte. Retornando a um cenário de corte monárquica que evoca "O baile da Morte Vermelha" (a adaptação cinematográfica dirigida por Roger Corman combina habilmente os dois contos), "Hop-Frog" mostra que uma vingança espetacular pode ser um desfecho quase tão contundente quanto a presença da própria Morte em um baile de máscaras.

Nos estertores dessa longa madrugada, Poe nos traz quatro relatos aterradores de quase morte. Em "Uma descida ao Maelström", um pescador recorda sua experiência no coração pulsante de uma voragem, quando, mesmo lutando para sobreviver à fúria do mar, deteve-se por um instante em admirada reverência diante da magnificência da natureza. O narrador de "A caixa oblonga" também enfrenta uma tempestade em alto-mar, mas aqui a implacabilidade da natureza serve para mostrar que ainda mais implacável era a pena de Edgar Allan Poe: o desfecho do mistério a bordo do navio *Independence* é uma das passagens mais mórbidas e, ao mesmo tempo, patéticas de sua prosa. Em "O enterro prematuro", acompanhamos o narrador cataléptico cujo pânico de ser enterrado vivo nos leva a questionar se viver com medo não é, por si só, uma forma de sepultamento. E, finalmente, nos despedimos do Poe contador de histórias com "A verdade sobre o caso do sr. Valdemar". O conto, forjado para emular um caso verídico, aproveita o interesse vitoriano pelas narrativas de mesmerismo e o combina com a perene curiosidade humana perante o mistério mais insondável de todos: para onde vamos quando a vida cessa?

O volume não estaria completo sem a inclusão de alguns poemas daquele que sempre valorizou a poesia como a mais louvável das artes. A carreira como poeta nunca foi particularmente bem-sucedida, muito menos rentável: "O corvo", sua obra mais célebre, lhe rendeu apenas nove dólares. Poe, no entanto, estava mais interessado na epifania da arte do que na féria do ofício. "A literatura é a mais nobre das profissões. Na verdade, é a única digna de ser seguida. Nada vai me desviar desse caminho. Serei escritor até o fim da minha vida; não abandonaria as esperanças que ainda me guiam nessa profissão nem por todo o ouro da Califórnia", escreveu ele. Embora os contos tenham conquistado um lugar de destaque em sua obra, Poe sempre se viu como poeta. Do primeiro livro, publicado anonimamente aos dezoito anos, até "Annabel Lee", foram mais de cem poemas. Ainda que "O corvo" tenha sido o único a alcançar popularidade e sucesso, ele se manteve dedicado artífice de versos durante toda a sua vida — como o leitor poderá constatar em uma breve, porém memorável, visita à sua poesia.

Por fim, os leitores ganham neste volume um presente: uma rápida visita guiada pela correspondência de Poe. Ler suas cartas é acompanhar, não sem certa tristeza, o percurso de um gênio que nunca obteve em vida o êxito que desfruta hoje: publicado, estudado, reverenciado e, acima de tudo, jamais esquecido. É na correspondência que captamos com mais propriedade a essência do bostoniano que nasceu e morreu pobre e cuja opulenta imaginação só não excedeu a miséria contra a qual precisou lutar durante toda a vida; o homem que existiu de 1809 a 1849 e que, em quarenta anos de múltiplas encarnações e uma incansável produção escrita, deixou mais do que uma marca na história da literatura ocidental: deixou um monumento.

Há um ano, Poe ganhou uma nova família. Foi com emoção que acompanhei novos e velhos leitores celebrando certo volume de capa preta e letras douradas, que se multiplicou em blogs, posts e likes e, o mais importante, em estantes, cabeceiras e até mochilas — andarilho como ele sempre soube ser. O homem que nunca teve uma casa decente ganhou múltiplos lares; o poeta que perdeu sua amada conquistou muitos colos; o autor acusado de não ter amigos encontrou uma legião. Usando as palavras do próprio Mestre, dedicamos este novo volume "aos que sentem mais do que pensam, aos sonhadores e a todos aqueles que acreditam nos sonhos como única realidade da vida". O horror tem disto: somos uns apaixonados. Falo por Poe, mas sei que poderia falar por cada um de nós, DarkSiders de alma, coração e devoção.

Quanto a mim, sempre fui de Poe. A diferença é que agora somos casados no papel.

Rio de Janeiro, 2018

O enigma dos duplos

MORELLA

EDGAR ALLAN POE
1835

*Em si mesmo, por si mesmo,
para todo o sempre único e uno.*

Platão, O banquete

Tinha por minha amiga Morella um afeto profundo, embora singular. Eu a conheci por acaso há muitos anos, e desde nosso primeiro encontro minha alma ardeu com fogo sem precedentes. Esse fogo, porém, não vinha de Eros, e a convicção gradual de que não podia compreender seu significado ou regular sua imprecisa intensidade enchia minha alma de amargura e tormento. Ainda assim, nos conhecemos, e quis o destino que chegássemos ao pé do altar sem que eu jamais tivesse declarado paixão ou pensado em amor. Ela, entretanto, evitando as demais companhias, dedicava-se exclusivamente a mim, o que me fazia feliz. Era uma felicidade surpreendente, onírica.

Morella era dotada de profunda erudição. Juro por minha vida que tinha uma inteligência extraordinária: seu intelecto era prodigioso. Assim, tornei-me seu pupilo em diversos assuntos. No entanto, logo descobri que, talvez em virtude da educação que recebera em Pressburg, ela privilegiava inúmeros escritos místicos que costumam ser considerados a escória da literatura alemã primitiva. Tais escritos, por motivo que desconheço, constituíam seu favorito e constante objeto de estudo — e com o decorrer do tempo passaram a ser o meu também, o que deve ser atribuído a uma simples porém eficaz influência do hábito e do exemplo.

Tudo isso, se não me engano, tinha pouquíssimo a ver com a razão. Se bem me lembro, minhas convicções não eram ditadas por um ideal, e não havia nem em meus atos nem em meus pensamentos um traço sequer do misticismo de minhas leituras. Convencido disso, entreguei-me implicitamente à orientação de minha esposa e mergulhei com coração destemido nos mistérios de seus estudos. E então — quando ao me debruçar sobre páginas proibidas sentia despertar em mim um espírito igualmente proibido — Morella pousava sua mão fria sobre a minha e recolhia das cinzas de uma filosofia morta algumas palavras inusitadas que, ditas em voz baixa, calavam seu estranho significado para sempre em minha memória. Horas a fio detinha-me assim ao seu lado, absorto pela música de sua voz, até que sua melodia acabava tingindo-se de terror e uma sombra encobria minha alma: empalidecendo, eu estremecia involuntariamente perante aquele tom sobrenatural. Então a alegria se transformava em horror, e o belo, em hediondo, como o vale de Hinom tornou-se Geena.

Desnecessário relatar o teor preciso desses estudos que, inspirados pelos escritos que mencionei, foram durante muito tempo praticamente meu único tema de conversa com Morella. Os versados no que pode ser chamado de moralidade teológica logo a decifrariam, e os que a desconhecem não a compreenderiam. O panteísmo extravagante de Fichte, a modificada palingênese dos pitagóricos e, acima de tudo, as doutrinas de *Identidade*, tal como preconizadas por Schelling, eram os tópicos de discussão prediletos da imaginativa Morella. Essa identidade que é chamada "pessoal" foi definida, creio que por Locke, como a sanidade do ser racional. E como por "pessoa" compreendemos uma essência inteligente dotada de razão, e como há uma consciência que sempre acompanha o pensamento, é isso que nos personaliza, nos distinguindo de outros seres que pensam e conferindo assim nossa identidade pessoal. O *principium individuationis*, a ideia dessa identidade que, *na morte, pode ou não se perder para sempre*, sempre foi, para mim, uma consideração de intenso interesse, tanto pelo caráter perturbador e fascinante de suas consequências como pela maneira significativa e entusiasmada com que Morella o mencionava.

No entanto, por fim, chegou o momento em que o mistério do comportamento da minha esposa oprimia-me como um feitiço. Não mais suportava o toque de seus dedos pálidos, o tom de sua fala musical ou o brilho de seus olhos melancólicos. Ela percebia tudo isso, mas não me censurava: parecia consciente de minha fraqueza ou insensatez e, sorrindo, chamava-a de Destino. Também parecia consciente do motivo, para mim desconhecido, do esmorecimento gradual do meu afeto, mas não me dava nenhuma pista ou sinal de sua natureza. Porém, era mulher, e aquilo a consumia mais e mais a cada dia. Com o tempo, a mancha carmesim tingiu-lhe as faces, e as veias azuladas tornaram-se proeminentes na fronte pálida. Em um instante, minha alma revestia-se de piedade, mas já no seguinte avistava o relance daqueles olhos expressivos e adoecia, atordoada pela vertigem que acomete quem contempla as profundezas de um tétrico e insondável abismo.

Devo então confessar que ansiava com sinceridade e ardor a morte de Morella? Trata-se da mais pura verdade, mas o frágil espírito se agarrou à sua morada de barro por muitos dias, muitas semanas e muitos meses morosos, até que meus torturados nervos sobrepujaram minha razão e fiquei cada vez mais furioso, impaciente com a demora. Com o coração de um demônio, maldisse os dias, as horas e os amargos minutos que pareciam se prolongar à medida que aquela delicada vida chegava ao fim, como sombras nos estertores do dia.

Porém, em uma tarde outonal e de ventos dormentes no céu, Morella me chamou à cabeceira de seu leito. Uma tênue névoa encobria a terra e um brilho cálido resplandecia sobre a superfície das águas. Em meio à abundância de folhas de outubro na floresta, um arco-íris caíra do céu.

"É um dia especial", disse ela quando me aproximei. "Um dia único para se viver ou morrer. Um belo dia para os filhos da terra e da vida, e ainda mais belo para as filhas do céu e da morte!"

Beijei sua testa, e ela prosseguiu.

"Estou morrendo e, apesar de tudo, viverei."

"Morella!"

"Nunca foste capaz de me amar, mas aquela a quem em vida abominaste, na morte hás de adorar!"

"Morella!"

"Repito: estou morrendo. Mas aqui dentro há uma promessa do afeto — ah, tão pequeno! — que sentiste por mim, por Morella. E, quando minha alma partir, a criança viverá, teu filho comigo. Teus dias, contudo, serão dias de pesar, aquele pesar que é a mais duradoura das impressões, como o cipreste é a mais resistente das árvores. Pois as horas da tua felicidade chegaram ao fim, e a alegria não se repete nesta vida, como as rosas de Pesto, que brotam duas vezes ao ano. Não irás mais brincar com o tempo e, desconhecendo o mirto e a vinha, carregarás tua mortalha na terra, como os muçulmanos em Meca."

"Morella!", gritei. "Morella! Como sabes disso?"

Mas ela virou o rosto para o travesseiro e, após um ligeiro tremor percorrer seu corpo, morreu sem que eu ouvisse mais sua voz.

No entanto, assim como ela previra, a criança que dera à luz ao morrer, a criança que só começara a respirar quando a mãe exalou seu derradeiro suspiro, uma menina, sobreviveu. E cresceu estranhamente em tamanho e intelecto, e era idêntica à finada, e eu a amava com um amor mais ardente do que acreditara ser possível sentir por qualquer criatura nesta terra.

Esse paraíso de afeto puro não tardou a escurecer, e nuvens carregadas de horror e tristeza obscureceram aquele céu. Disse que a criança cresceu estranhamente em tamanho e intelecto. Estranho, de fato, foi o crescimento acelerado de seu corpo, e terríveis — ah, terríveis — os pensamentos tumultuosos que me assolavam enquanto eu acompanhava o desabrochar de seu desenvolvimento intelectual. E como poderia ser diferente, quando descobria diariamente na criança as capacidades de uma mulher? Quando testemunhava lições de experiência proferidas pelos lábios da infância? Quando a sabedoria e as paixões da maturidade, hora após hora, incandesciam em seus olhos grandes e especulativos? Ora, quando tudo isso se tornou evidente aos meus sentidos aterrados, quando não mais pude esconder a verdade de minha alma nem descartar as percepções que estremecia ao constatar, como seria de se admirar que, diante de tais suspeitas temerárias e fascinantes, tenha me recordado das histórias extravagantes e das teorias fantásticas da sepultada Morella? Afastei então do escrutínio do mundo aquele ser a quem o destino me compelira a adorar e, na rigorosa reclusão de nossa casa, eu observava com torturante ansiedade tudo que concernia à criatura amada.

Os anos se passavam e, dia após dia, eu contemplava aquele rosto augusto, doce e eloquente, e o amadurecimento do seu corpo. Dia após dia, descobria novas semelhanças entre a filha e a mãe, a melancólica e a morta. A cada hora transcorrida, aumentavam as sombras dessa semelhança, tornando-se mais plenas, mais definidas, mais desconcertantes e mais grotescas em seu aspecto. Eu podia suportar que seu sorriso fosse igual ao da mãe, mas logo estremecia diante de uma *identidade* tão perfeita. Não me causava desconforto que os olhos fossem como os de Morella, embora muitas vezes fitassem, penetrantes, os abismos de minha alma com a mesma expressiva e perturbadora intensidade de Morella. E no contorno daquela elevada fronte, nos anéis de sedosas madeixas, na palidez dos dedos que se enterravam na cabeleira, na tristeza do tom musical da voz e, acima de tudo — ah, acima de tudo —, nas frases e expressões da morta reproduzidas pelos lábios da criatura viva e adorada, eu encontrava subsídio para pensamentos aflitivos e pavorosos, diante de um verme *que não morria*.

Dez anos se passaram e minha filha permaneceu sem nome. "Minha menina" e "meu amor" eram as designações induzidas pelo afeto paterno, e o rígido isolamento de seus dias impedia qualquer outra relação social. O nome de Morella morrera com a própria. Nunca falei da mãe com a filha, era tarefa impossível. Com efeito, durante o breve período de sua existência, a menina não recebeu qualquer influência do mundo externo, exceto as fornecidas pelos limites estreitos de sua reclusão. Até que, por fim, a cerimônia do batismo apresentou à minha mente, em sua condição exasperada e atormentada, uma libertação dos terrores de meu destino. Mesmo na pia batismal, hesitei para escolher um nome. Inúmeros acorreram aos meus lábios: nomes de mulheres sábias e formosas, de tempos antigos e modernos, da minha terra e de terras estrangeiras; nomes de mulheres gentis, alegres e amáveis. O que então me levou a perturbar a memória daquela que jazia morta e enterrada? Que demônio me instou a proferir aquele nome, cuja mera lembrança costumava fazer jorrar aos borbotões o rubro sangue dos templos de meu coração? Que demônio se pronunciou, das profundezas de minha alma, quando naquele altar obscuro, no silêncio da noite, sussurrei no ouvido do padre as sílabas de "Morella"? E que ser mais do que demoníaco retorceu as feições de minha filha, tingindo-as com os matizes da morte, para que, ao ouvir aquele nome praticamente inaudível, ela tenha erguido seus olhos vidrados do chão para o céu e, tombando hirta nas lajes negras de nossa cripta ancestral, respondido: "Estou aqui!".

Aquelas simples sílabas se infiltraram em meus ouvidos de maneira clara, friamente clara, e de lá escorreram como chumbo derretido para dentro do meu cérebro. Anos e mais anos podem se passar, mas a lembrança daquela época, jamais. Não só desconhecia o mirto e a vinha — a cicuta e o cipreste ofuscavam-me dia e noite. Segui sem atentar para o tempo e o espaço, e os astros do meu destino desapareceram do céu. A terra quedou-se sombria, e suas figuras passavam por mim como sombras esvoaçantes e, entre todas, via apenas uma: Morella. Os ventos do firmamento sopravam apenas um som em meus ouvidos, e as vagas no oceano murmuravam, sem cessar: Morella. Mas ela morreu e a sepultei com minhas próprias mãos, sem conseguir conter uma amarga e longa gargalhada ao não encontrar nenhum vestígio da primeira na tumba onde enterrei a segunda: Morella.

◆ O ENIGMA DOS DUPLOS ◆

WILLIAM WILSON

EDGAR ALLAN POE
1839

*"O que dizer dela? O que dizer da macabra consciência,
aquele espectro em meu caminho?"*
— Pharonnida, de Chamberlayne —

Permita-me ser chamado, por ora, de William Wilson. Não há necessidade de conspurcar a página em branco à minha frente com meu verdadeiro nome. Ele já foi objeto de escárnio para horror e para repúdio de minha família. Ventos indignos já não propagaram sua incomparável infâmia para as regiões mais remotas da terra? Ah, proscrito dos proscritos, o mais abandonado! Acaso não está morto para o mundo? Para suas honras, suas flores, suas douradas aspirações? Não paira eternamente uma nuvem — densa, tétrica e infinita — entre suas esperanças e o céu?

Mesmo que pudesse, não relataria hoje os acontecimentos dos meus últimos anos de inenarráveis desgraças e crimes imperdoáveis. Essa época — esses últimos anos — caracterizou-se por uma elevação súbita da ignomínia, cuja origem é precisamente o propósito desta narrativa. Os homens se tornam sórdidos aos poucos. Comigo, aconteceu de uma só feita: toda virtude desprendeu-se do meu corpo, como o escorregar de um manto. Avancei, com passos de gigante, de uma perversidade relativamente trivial para a crueldade de um Heliogábalo. Permitam-me compartilhar o acaso — o acontecimento específico que trouxe à tona toda essa desonra. Como a morte se aproxima, a sombra que a precede serenou meu espírito. Na travessia desse vale escuro, anseio pela solidariedade — por pouco não disse "piedade" — dos meus semelhantes. Gostaria de convencê-los de que fui, de certa forma, escravo de circunstâncias que extrapolavam o controle humano. Desejaria que encontrassem para mim, à luz dos detalhes que estou prestes a relatar, algum pequeno oásis de fatalidade em meio a um deserto de erros. Gostaria que reconhecessem — e estou certo de que não poderão se abster disso — que, embora tenham existido grandes tentações no mundo desde tempos imemoriais, nenhum homem jamais foi tentado assim antes e, tenho certeza, jamais sucumbiu como eu. Será que é por isso que ninguém jamais sofreu como sofri? Será que tudo não passou de um sonho? Não estou agora morrendo vítima do horror e dos mistérios das mais delirantes das visões sublunares?

Sou descendente de uma linhagem cujo extraordinário temperamento imaginativo e facilmente excitável sempre a distinguiu das demais: já na minha infância, dei sinais de ter herdado a natureza singular de minha família. À medida que crescia, esse traço desenvolveu-se de maneira ainda mais distinta, virando por diferentes razões motivo de grande inquietação para meus amigos e um verdadeiro perigo para mim. Tornei-me voluntarioso, viciado nos caprichos mais desvairados e presa fácil de paixões descontroladas. Fracos de espírito e acometidos pelas mesmas enfermidades de constituição que eu, meus pais não puderam fazer muito para repreender a propensão maligna que me distinguia. Algumas tentativas ineficazes e mal direcionadas resultaram em completo fracasso para eles e, é claro, em triunfo absoluto para mim. A voz de autoridade da casa passou a ser a minha. Em uma idade em que poucas crianças caminham com as próprias pernas, eu já gozava de plena autonomia e, à exceção do nome, era dono de minhas ações e independente da minha família.

Minhas mais remotas recordações da vida escolar estão vinculadas a uma imensa e irregular casa elisabetana, em um vilarejo enevoado da Inglaterra, onde havia uma profusão de gigantescas árvores retorcidas, e todas as casas eram excessivamente antigas. Na verdade, no velho e venerável vilarejo pairava uma atmosfera onírica, propícia para aquietar o espírito. Parece que sinto, mesmo agora, a refrescante brisa de suas ruas sombreadas, que inalo a fragrância de seus incontáveis arbustos, e estremeço novamente, com indefinível deleite, diante do som profundo e oco do sino da igreja, rompendo de hora em hora, com seu estrondo repentino e soturno, a quietude sombria em que adormecia o corroído campanário gótico.

Sinto prazer, ou melhor, o que mais se aproxima de prazer que posso experimentar, ao recordar as minúcias de minha escola e todas as memórias a ela relacionadas. Imerso como estou na desgraça — uma desgraça, infelizmente, muito real —, espero que me perdoem por buscar alívio, ainda que escasso e temporário, na frivolidade de alguns detalhes desconexos, que, embora triviais, e talvez até mesmo um pouco ridículos, adquirem em minha imaginação uma importância fortuita. Afinal, estão ligados temporal e espacialmente a um período em que reconheço os sinais ambíguos do destino que haveria de me cobrir por inteiro com sua sombra. Permitam-me recordar esses detalhes.

A casa, como disse, era antiga e irregular. O terreno era vasto, e um alto e sólido muro de tijolos, coberto com argamassa e vidros quebrados, circundava a propriedade. Essa muralha, semelhante à de uma prisão, demarcava o limite de nossos domínios. Nosso contato com o mundo exterior resumia-se a três excursões por semana: uma nas tardes de sábado, quando dois professores nos acompanhavam e éramos autorizados a fazer breves passeios em grupo pela vizinhança, e duas aos domingos, quando, com a mesma formalidade, andávamos de manhã e de tarde para a missa, na única igreja do vilarejo. O diretor da escola era pastor nessa paróquia. Ah, era com profundo fascínio e enorme perplexidade que eu, sentado em um banco afastado da igreja, costumava observá-lo subindo ao púlpito! Não entendia como aquele homem santo, com semblante tão modesto e tão bondoso, trajando mantos lustrosos de caimento clerical e uma peruca impecavelmente empoada, tão rígida e tão profusa, podia ser o mesmo que, com expressão amarga e roupa suja de rapé, aplicava de palmatória na mão as leis draconianas do colégio. Ah, colossal paradoxo, estranho demais para uma solução!

Em um dos cantos da assombrosa muralha, erguia-se um portão mais assombroso ainda. Rebitado e cravejado com pregos maciços, exibia estacas pontiagudas de ferro no topo. Que profundo temor nos causava! Abria-se somente para as saídas e entradas já mencionadas. Nessas ocasiões, encontrávamos uma fonte de mistério em cada rangido de suas grandiosas dobradiças: um vasto material para solenes comentários e reflexões mais solenes ainda.

O amplo recinto tinha formato irregular, com diversos recantos espaçosos. Desses, três ou quatro dos maiores formavam o pátio, que era plano, coberto por um cascalho bem fino e duro. Lembro-me bem de que não tinha árvores, bancos, nada. Ficava, evidentemente, nos fundos da casa. Na frente, havia um pequeno jardim, com buxos e outros arbustos, mas só passávamos por aquela majestosa vereda em raríssimas ocasiões: no primeiro dia de aula, na saída definitiva, ou quando algum parente ou amigo mandava nos chamar e rumávamos contentes para passar as férias de Natal ou de verão com a família.

Mas a casa! Como era antiga e estranha! Para mim, um verdadeiro palácio encantado! Tinha recantos intermináveis, incompreensíveis subdivisões. Era sempre difícil saber ao certo em qual de seus dois andares nos encontrávamos. De um cômodo para o outro, havia sempre três ou quatro degraus, uns subindo, outros descendo. As divisões laterais eram incontáveis — inconcebíveis — e tão circulares que nossa percepção daquele lugar como um todo não era muito diferente de nossas ponderações acerca do infinito. Durante os cinco anos em que residi naquela casa, nunca fui capaz de determinar com exatidão em que localidade remota se encontrava o pequeno dormitório que eu dividia com mais dezoito ou vinte alunos.

A sala de aula era a mais vasta da casa — e, não consigo evitar o pensamento — do mundo. Era comprida, estreita, com o teto de carvalho sombriamente baixo e janelas ogivais em estilo gótico. Em um canto remoto que nos inspirava muito terror, havia um compartimento quadrado de dois ou três metros, o *sanctum* de nosso diretor, o reverendo dr. Bransby. Era uma estrutura sólida, com uma porta maciça, e preferíamos morrer de *peine forte et dure*[1] a abri-la na ausência do diretor. Havia dois outros compartimentos semelhantes em dois outros cantos, menos suntuosos, é bem verdade, mas que ainda assim impunham respeito: um era a cátedra do professor de Antiguidade Clássica, o outro, a do professor de Inglês e Matemática. Espalhados pelo cômodo, atravessando-se em infinita regularidade, havia inúmeros bancos e mesas — escuros, antigos e desgastados pelo tempo — sobrecarregados com precárias pilhas de livros muito folheados, tão marcados por iniciais, nomes completos, figuras grotescas e demais inscrições que perderam a forma original que outrora ostentaram. Em uma das extremidades do cômodo, havia um imenso balde com água e, na outra, um monumental relógio.

Cercado pelas robustas muralhas dessa venerável escola, passei, sem tédio ou desgosto, os anos do terceiro lustro de minha vida. O cérebro fecundo da infância não precisa de incidentes do mundo exterior para ocupar-se ou distrair-se: a monotonia aparentemente lúgubre da escola era mais rica em intensas emoções do que minha juventude foi em luxúria e minha vida adulta em pecados. Acredito, no entanto, que meu desenvolvimento mental foi bastante singular — até mesmo excêntrico. De modo geral, os acontecimentos dos primeiros anos raramente deixam marcas duradouras na idade madura. Para o resto da humanidade, tudo não passa de uma sombra, uma tênue e imprecisa lembrança, uma recordação indistinta de pueris alegrias e fantasmagóricos

---

[1] Expressão francesa que designa um castigo severo que, normalmente, provocava a morte da vítima.

pesares. Comigo não foi assim. Durante a minha infância, devo ter experimentado com o vigor de um homem adulto o que agora trago marcado em minha memória em contornos tão vívidos, profundos e duradouros como os exergos das medalhas cartaginesas.

No entanto, na realidade — pelo menos aos olhos do mundo —, havia tão pouco a ser lembrado! O despertar pelas manhãs, as ordens noturnas para nos deitarmos; os estudos, as récitas; as férias periódicas, os passeios; o recreio, com suas rixas, distrações e intrigas — tudo isso, por uma feitiçaria mental há muito esquecida, converteu-se em uma profusão de sensações, um mundo de copiosos incidentes, um universo de variadas emoções, das euforias mais passionais e inspiradoras. *"Oh, le bon temps, que ce siecle de fer!"*[2]

Na verdade, meu temperamento ardoroso, extasiado e imperioso logo me distinguiu de meus colegas e, de maneira lenta e natural, aos poucos me conferiu uma ascendência sobre todos aqueles que não eram muito mais velhos do que eu — com uma única exceção. Tratava-se de um aluno que, embora não tivesse relação de parentesco comigo, apresentava o mesmo nome e o mesmo sobrenome que eu — uma circunstância pouco excepcional, embora, apesar de minha linhagem nobre, meu nome seja bastante comum, e, desde tempos imemoriais, tenha se tornado, por prescrição, propriedade do populacho. Nesta narrativa, apresentei-me como William Wilson: nome fictício, mas com muitas semelhanças com o verdadeiro. Meu homônimo era o único de "nossa patota", para usar a terminologia da escola, que ousava competir comigo nos estudos em sala de aula, nos esportes e nas rixas no recreio. Era também o único que se recusava a acreditar cegamente em minhas afirmações e a se submeter às minhas vontades — na verdade, o único a interferir, sob todos os aspectos, em meu ditado arbitrário. Se existe na terra um despotismo mais supremo e absoluto é o de um menino-prodígio sobre seus companheiros menos promissores.

A rebeldia de Wilson era para mim uma inesgotável fonte de constrangimento. Embora eu o tratasse com bravata em público, sentia que

---

[2] "Ah, os bons tempos, a idade do ferro." Verso de um poema de Voltaire ("Le Mondain", 1736).

no fundo o temia, sem conseguir deixar de julgar como prova de verdadeira superioridade o equilíbrio que ele com tanta facilidade demonstrava em minha presença, uma vez que me manter impassível diante dele era, para mim, uma luta constante. Porém, apenas eu reconhecia aquela superioridade e até mesmo aquele equilíbrio: por inexplicável cegueira, nossos colegas nem sequer pareciam notá-los. De fato, a rivalidade, a resistência e, sobretudo, as impertinentes e obstinadas interferências de Wilson em meus propósitos eram muito mais veladas do que explícitas. Ele também parecia desprovido da ambição que me movia e da disposição mental arrebatada que me destacava dos demais. Em seu antagonismo, era exclusivamente movido por um desejo caprichoso de me contrariar, surpreender ou constranger, embora às vezes eu notasse — não sem assombro, humilhação e ressentimento — que havia em seus ataques, em seus insultos e em suas contestações uma inoportuna e certamente indesejada afetuosidade. Só podia supor que esse comportamento inusitado provinha de uma prepotência que se arrogava em ares ordinários de condescendência e proteção.

Talvez tenha sido essa peculiaridade na conduta de Wilson, aliada à coincidência de nosso nome e ao acaso de termos entrado na escola no mesmo dia, o que levou nossos colegas mais velhos, que não costumavam acompanhar com muito interesse os assuntos dos mais novos, a pensar que éramos irmãos. Já disse antes, ou deveria, que Wilson não tinha, nem no mais remoto grau, parentesco comigo. No entanto, se acaso fôssemos irmãos, decerto teríamos sido gêmeos, pois após ter deixado a escola acabei descobrindo sem querer que meu homônimo nascera no dia 19 de janeiro de 1813: coincidência um tanto extraordinária, pois é exatamente o dia do meu nascimento.

Pode parecer estranho, mas, a despeito da ansiedade constante que a rivalidade com Wilson me provocava e de seu intolerável espírito de contestação, eu não conseguia odiá-lo. Discutíamos quase todos os dias e ele, embora me concedendo os louros da vitória em público, fazia com que eu sentisse que era ele quem a merecia. Ainda assim, um orgulho de minha parte e uma genuína dignidade da dele nos levavam a preservar uma relação cortês e, reconhecendo a forte compatibilidade de nossos temperamentos, eu sentia que apenas nossa posição era um impeditivo para desenvolvermos uma amizade. É realmente difícil definir ou até mesmo descrever meus verdadeiros sentimentos por ele. Formavam um amálgama variado e heterogêneo: uma animosidade petulante que não era exatamente ódio, alguma estima, muito respeito, bastante medo e uma imensa e inquietante curiosidade. Desnecessário dizer ao moralista que, além de tudo isso, Wilson e eu éramos companheiros inseparáveis.

Foi, sem dúvida, a natureza anômala de nossas relações a responsável por relegar todos os meus ataques contra ele (e eram muitos, explícitos ou indiretos) ao campo dos gracejos e da zombaria (usando o humor para disfarçar a intenção real de magoá-lo), evitando assim uma hostilidade mais grave e determinada. No entanto, meus esforços nem sempre eram bem-sucedidos nesse sentido, nem mesmo quando meus planos eram tramados com máxima engenhosidade, pois meu homônimo tinha austeridade modesta e serena que, embora extraísse diversão da acidez de suas piadas, não tinha nenhum calcanhar de Aquiles e se recusava a ser motivo de chacota. Encontrei um único ponto vulnerável que, constituído por uma peculiaridade pessoal oriunda talvez de uma doença congênita, teria sido poupado por um antagonista menos desesperado do que eu: meu rival tinha uma deficiência no aparelho vocal que o impedia de elevar a voz acima de um sussurro. Tirei desse defeito toda a precária vantagem ao meu alcance.

Wilson revidava à altura e havia uma brincadeira em particular que me perturbava muito. Como foi perspicaz a ponto de descobrir que algo tão trivial me afligia é um mistério que nunca consegui solucionar. No entanto, uma vez descoberto meu ponto fraco, ele o atacava com frequência. A vulgaridade de meu patronímico e a natureza ordinária e plebeia de meu sobrenome sempre foram motivo de aversão para mim. Essas duas palavras eram um veneno para meus ouvidos, e quando, no primeiro dia de aula, outro William Wilson chegou à escola, fiquei irritado com ele por ter o mesmo nome que eu, e duplamente desgostoso com o próprio nome, por designar um estranho que seria a causa de sua dupla repetição, um estranho que estaria sempre na minha presença e cujas atividades na rotina escolar, por odiosa coincidência, seriam inevitavelmente confundidas com as minhas.

Minha irritação se intensificava ainda mais quando alguma circunstância reforçava a semelhança, moral ou física, entre nós. Na época, eu ainda não descobrira que éramos da mesma idade, fato extraordinário. Reparara, contudo, que tínhamos a mesma altura e éramos bem parecidos tanto na compleição física como na aparência. O rumor de que éramos parentes, disseminado na escola, me exasperava. Em suma, nada me deixava mais irritado (embora me esforçasse para disfarçar) do que qualquer alusão à nossa semelhança, fosse ela mental, física ou familiar. No entanto, devo confessar que não tinha motivos para supor que (com exceção da questão do parentesco e da percepção do próprio Wilson) tal semelhança fosse objeto de comentários ou que tenha sido alguma vez notada por nossos colegas. Era evidente que Wilson, assim como eu, reconhecia nossa semelhança em tudo e de maneira tão atenta quanto eu — mas que tenha descoberto o quanto isso me perturbava atribuo exclusivamente à sua extraordinária perspicácia.

A evidência dessa descoberta foi como passou a me imitar com perfeição no modo de falar e de agir, e na forma admirável como desempenhava seu papel. Copiou com facilidade minhas roupas; meu andar e meus trejeitos também foram assimilados sem dificuldade e, apesar de sua deficiência vocal, até mesmo a minha voz ele aprendeu a reproduzir com exatidão. Não se arriscava, é claro, em meus timbres mais altos, mas o tom era idêntico: seu peculiar sussurro tornou-se um impecável eco do meu.

Não ouso sequer descrever o quanto seu primoroso retrato (pois não poderia ser chamado tão somente de caricatura) me atormentava. Meu único consolo era perceber que, aparentemente, apenas eu notava a imitação, e precisava suportar os sorrisos deliberados e estranhamente sarcásticos do meu homônimo. Satisfeito por obter o efeito desejado em meu íntimo, ele parecia rir em segredo da dor que me causara, mas esnobava o reconhecimento público que o sucesso de sua engenhosa estratégia poderia certamente ter logrado. Que os alunos não notassem sua intenção, não percebessem seu êxito nem dividissem seu deboche foi, durante aflitivos meses, um enigma insolúvel para mim. Talvez a gradação de sua cópia não a tornasse tão perceptível ou, o que era mais provável, eu devia minha segurança à maestria do copista que, desdenhando o óbvio (que, em uma pintura, é tudo que os obtusos conseguem ver), guardava o significado velado de seu original apenas para minha contemplação e desgosto.

Já mencionei o detestável ar de condescendência com que me tratava e sua frequente interferência nas minhas vontades. Essa interferência costumava assumir a descortês natureza do conselho, que não me era dado abertamente, mas sugerido ou insinuado. Eu recebia aquelas recomendações com uma repugnância que se acentuava à medida que crescíamos. Contudo, já passados tantos anos, gostaria de ser justo e reconhecer que não me recordo de uma única ocasião em que as sugestões de meu rival tenham sido despropositadas ou tolas, como era de se esperar de sua idade imatura e aparente inexperiência. Admito que seu senso moral — se não mesmo seus dons em geral e sua sabedoria mundana — era muito mais apurado que o meu, e que hoje eu poderia ser um homem melhor, e por consequência mais feliz, se não tivesse rejeitado com tanta frequência os conselhos que ele me transmitia por sussurros e que, na época, eu detestava do fundo do coração e desprezava do alto de minha amargura.

Tornei-me, por fim, impaciente ao extremo sob sua indesejada supervisão e passei a me ressentir dia após dia, e de maneira cada vez mais perceptível, do que considerava sua intolerável arrogância. Disse que, nos primeiros anos de nossa convivência como colegas, meus sentimentos por ele poderiam facilmente ter se convertido em amizade; porém, nos últimos meses de minha residência na escola, embora a costumeira interferência de Wilson tivesse sem dúvida diminuído bastante, meus sentimentos, de modo quase proporcional, converteram-se em genuíno ódio. Suponho que ele tenha percebido isso certo dia, pois, depois dessa ocasião, passou a me evitar ou a fingir que me evitava.

Foi mais ou menos nessa época, se bem me recordo, em uma altercação violenta em que ele estava mais desprevenido do que de costume, falando e agindo com uma franqueza estranha à sua natureza, que descobri

— ou julguei ter descoberto — em seu sotaque, seus modos e seu semblante um traço que primeiro me deixou surpreso e depois profundamente interessado, trazendo à minha mente visões nebulosas de minha primeira infância — lembranças delirantes e confusas de um tempo em que a própria memória ainda não estava formada. A melhor maneira de descrever a sensação que me oprimia é revelando que fui tomado pela crença de que já o conhecia havia muito tempo: em algum período infinitamente remoto de meu passado. Essa ilusão, no entanto, dissipou-se tão depressa quanto surgiu, e apenas a menciono para assinalar o dia em que conversei pela última vez com meu peculiar homônimo.

A velha e imensa casa, com suas incontáveis subdivisões, tinha uma infinidade de cômodos amplos que se comunicavam entre si e compunham o alojamento da maioria dos alunos. Entretanto (como era de se imaginar em uma construção planejada de maneira tão esdrúxula), havia muitos recantos e nichos, como se fossem sobras arquitetônicas, que a inventividade econômica do dr. Bransby transformara em dormitórios. Como não passavam de meros cubículos, acomodavam apenas um indivíduo. Wilson ocupava uma dessas diminutas acomodações.

Certa noite, por volta do final do meu quinto ano na escola, e pouco depois da altercação que acabo de mencionar, notando que todos os colegas já estavam dormindo, levantei-me da cama e, carregando uma lamparina, atravessei uma sucessão de corredores estreitos do meu dormitório até o quarto do meu rival. Havia muito planejava pregar-lhe uma peça de mau gosto, sem ter alcançado êxito até aquela ocasião. Com a intenção de pôr meu plano em prática, parti decidido a fazê-lo sentir toda a força da maldade que me possuíra. Ao chegar, entrei em silêncio em seu cubículo, deixando a lamparina encoberta do lado de fora. Aproximando-me, ouvi o som de sua serena respiração. Certo de que ele estava dormindo, saí novamente, apanhei a lamparina e voltei para perto de sua cama, cercada por cortinas. Dando continuidade ao meu plano, corri as cortinas lentamente, sem fazer barulho, e, quando os raios de luz iluminaram o adormecido, meus olhos pousaram sobre seu rosto, que contemplei, sendo instantaneamente tomado por um torpor, uma paralisia enregelante. Meu coração disparou, minhas pernas vacilaram, todo o meu ser foi invadido por um horror impreciso e intolerável. Arquejando, abaixei e aproximei a lamparina do rosto dele. Seriam aquelas as feições de William Wilson? Vi que, de fato, eram. Ainda assim, tremendo como se ardesse de febre, cismei que não eram. O que havia em seu rosto para me perturbar de tal maneira? Fitei-o enquanto minha cabeça era inundada por um turbilhão de pensamentos incoerentes. Estava diferente — muito diferente — da aparência vivaz que exibia quando estava acordado. O mesmo nome! O mesmo aspecto! A mesma data de ingresso na escola! E depois, sua obstinada e absurda imitação do meu andar, da minha voz, dos meus hábitos, dos meus trejeitos! Seria então humanamente possível que agora eu tivesse diante de mim nada mais do que o resultado de sua prática habitual de imitação sarcástica? Aturdido e sentindo um calafrio estremecer meu corpo, apaguei a lamparina, saí do quarto e deixei os salões da velha escola, para nunca mais voltar.

Após alguns meses, passados em puro ócio em casa, fui estudar em Eton. O breve intervalo tinha sido suficiente para dissipar da memória os acontecimentos da escola do dr. Bransby ou, pelo menos, operar uma mudança considerável nos sentimentos evocados por tais memórias. Não experimentava mais aquele senso de realidade — o elemento de tragédia daquele drama. Podia agora duvidar até mesmo da evidência de meus próprios sentidos, e raramente me recordava do assunto sem me assombrar com a dimensão da credulidade humana. Sorria perante a vívida força imaginativa que eu herdara. Meu modo de vida em Eton não colocava tal ceticismo em risco. O vórtice de desvarios impensados em que mergulhei imediata e descuidadamente varreu todas as memórias passadas, engolindo suas impressões sólidas e sérias, e deixando apenas em sua espuma as frivolidades de minha existência pregressa.

Não pretendo, porém, rastrear o curso de minha lastimável corrupção nestas páginas: uma devassidão que desafiava as leis e escapava da vigilância daquela instituição. Três anos de insensatez, desperdiçados sem nenhum proveito, serviram apenas para criar arraigados hábitos de perversão e aumentar, de modo excepcional, meu porte físico. Após uma semana de desalmada licenciosidade, convidei um pequeno grupo dos alunos mais libertinos para uma farra secreta em meus aposentos. Todos nos encontramos tarde da noite, pois nossa farra haveria de se estender até o raiar do sol. O vinho corria solto, acompanhado de uma série de outras tentações talvez mais perigosas. Quando a aurora cinzenta despontou ao leste, nossa delirante esbórnia estava no auge. Eufórico com o carteado e a bebedeira, insistia em um brinde de habitual obscenidade quando minha atenção foi subitamente desviada pela abertura violenta, embora parcial, da porta do aposento e pela sôfrega voz de um criado. Ele disse que uma pessoa, que parecia estar com muita pressa, gostaria de falar comigo no vestíbulo.

Na tresloucada euforia do vinho, a inesperada interrupção mais me deleitou do que surpreendeu. Avancei aos tropeções e em poucos passos cheguei ao vestíbulo. Nesse cômodo de pequenas proporções e sem lamparinas, nenhuma luz penetrava, exceto a débil claridade da aurora que se infiltrava pela janela semicircular. Assim que cruzei o limiar da porta, distingui a silhueta de um jovem mais ou menos da minha altura, trajando um chambre branco de casimira, semelhante ao que eu mesmo usava naquele momento. A luz fraca permitiu que vislumbrasse seu traje, mas não suas feições. Assim que me viu, se precipitou em minha direção e, segurando-me pelo braço, com um ar de petulante impaciência, sussurrou em meu ouvido: "William Wilson!".

Recuperei a sobriedade de imediato. Havia algo no estranho, no modo como erguia seu trêmulo dedo entre meus olhos e a luz, que me deixara petrificado de espanto. No entanto, não fora isso o que me provocara uma violenta emoção, e sim o tom de solene advertência contido naquele sussurro discreto e sibilante, e, acima de tudo, a singularidade e o tom daquelas simples e familiares sílabas, que me trouxeram uma infinidade de recordações dos tempos de outrora, atingindo minha alma como uma descarga elétrica. Porém, antes que eu pudesse me recompor do baque, ele desapareceu.

Esse episódio provocou um vívido efeito em minha desordenada imaginação, embora tenha sido tão fugaz quanto intenso. É bem verdade que conduzi durante algumas semanas uma séria investigação, envolto em uma nuvem de especulação mórbida. Não procurava ocultar de mim a identidade daquele indivíduo peculiar que, com obstinada insistência, intervinha em meus caminhos, importunando-me com seus conselhos. Mas quem e o que era esse Wilson? De onde vinha? Quais seriam seus propósitos? Não encontrava uma resposta satisfatória para nenhuma dessas perguntas, tendo apurado apenas que um súbito acidente em sua família o levara a deixar a escola do dr. Bransby no mesmo dia em que eu fugira. No entanto, com o passar do tempo, parei de refletir sobre o assunto e concentrei a toda atenção em minha iminente partida para Oxford. Logo me mudei para lá. A inocente vaidade dos meus pais me forneceu os meios para refestelar-me na existência de luxo que já me era tão cara, para rivalizar em uma vida perdulária com os herdeiros das maiores fortunas da Grã-Bretanha.

Encorajado ao vício, meu temperamento irrompeu com redobrado afã e passei a ignorar até mesmo os entraves mais elementares da decência na louca extravagância de minhas depravações. Não pretendo, contudo, entrar em detalhes a respeito. Basta dizer que, em termos de devassidão, ultrapassei Herodes e, inaugurando uma quantidade de novos desvarios, acrescentei um extenso apêndice ao longo catálogo de vícios que predominavam na universidade mais dissoluta da Europa.

Mesmo agora, parece improvável que tivesse me desviado tão completamente da conduta esperada de um cavalheiro a ponto de aprender os truques mais ardilosos dos jogadores profissionais e, tendo me tornado adepto dessa deplorável ciência, praticá-los com frequência para aumentar ainda mais a minha já abastada renda à custa da fraqueza de espírito dos meus colegas. No entanto, essa era a verdade. E, sem dúvida, a gravidade dessa ofensa contra os sentimentos mais varonis e honrosos constituía a principal, senão única, razão da impunidade com que era cometida. Quem, entre meus mais degradados companheiros, não teria preferido duvidar das evidências de seus próprios sentidos a suspeitar que tais atos pudessem ser praticados pelo alegre, franco e generoso William Wilson — o mais nobre aluno de Oxford —, cujos desatinos (segundo seus parasitas) não passavam dos desatinos da juventude e de uma desenfreada imaginação, cujos erros eram apenas caprichos inigualáveis, cujos vícios mais sombrios, tão somente uma extravagância imprudente e impetuosa?

Estava assim entretido havia dois anos, quando ingressou na universidade um jovem *parvenu*,³ Glendinning — segundo diziam, rico como Herodes Ático —, cuja fortuna havia sido facilmente adquirida. Logo descobri que não era muito inteligente e o elegi como alvo perfeito para meus ardis. Passei a convidá-lo à mesa de jogo e, com a habitual astúcia de um apostador, deixava que faturasse significativas quantias para melhor enredá-lo em minhas tramas. Até que, finalizada minha estratégia, encontrei-o (com a intenção de que fosse um encontro definitivo) nos aposentos de um amigo em comum, o sr. Preston, que — para lhe fazer justiça — não tinha a mais remota suspeita de minhas maquinações. A fim de disfarçá-las, cuidei de convidar um grupo de oito a dez pessoas, para que a ideia do carteado parecesse acidental e partisse justamente de quem eu pretendia ludibriar. Para não me estender em assunto tão torpe, basta dizer que não dispensei nenhuma das infames mesuras típicas dessas ocasiões, e de fato causa surpresa que ainda existam pessoas tão tolas a ponto de ser vítimas de tal golpe.

A jogatina avançou noite adentro, e finalmente eu lograra ter Glendinning como meu único opositor. O jogo era meu favorito: *écarté*. Os demais convivas, interessados no desenrolar da partida, abandonaram suas próprias cartas e circulavam ao nosso redor, como espectadores. O *parvenu*, induzido por mim desde o início da noite a beber desenfreadamente, embaralhava e jogava as cartas com um nervosismo que ultrapassava a mera embriaguez. Em pouco tempo de jogo, já me devia uma considerável quantia e, tomando uma dose de vinho do Porto, fez exatamente o que eu esperava: propôs dobrarmos nossas já insensatas apostas, algo que, afetando relutância, recusei. Somente após minha obstinada resistência o compelir a vociferar palavras de fúria (o que deu um tom ressentido a minha aquiescência), aceitei. O resultado, é claro, atestou que a presa estava inteiramente em minhas garras: em menos de uma hora, sua dívida havia quadruplicado. Estupefato, reparei seu semblante, que aos poucos fora perdendo o rubor que o vinho lhe emprestara às faces, agora de uma lividez

---

3 Termo francês que designa pessoa que ficou rica, mas ainda não possui certo refinamento ou é aceita socialmente como tal; "novo-rico".

aterradora. Digo estupefato porque, quando procurei avidamente saber mais a seu respeito, haviam me dito que dispunha de uma fortuna incomensurável... Ora, a soma que já havia perdido, embora substancial, não deveria, supus então, deixá-lo preocupado, muito menos causar tão violenta perturbação. A primeira ideia que me ocorreu foi que ele estivesse afetado pelo vinho. Estava prestes a insistir peremptoriamente na interrupção do jogo — mais para preservar minha farsa aos olhos dos colegas do que por um motivo altruísta —, quando alguns comentários sussurrados às minhas costas e um lamento desesperado do próprio Glendinning me levaram a crer que eu o arruinara completamente sob circunstâncias que, transformando-o em objeto de piedade para todos os presentes, deveriam protegê-lo das maldades até mesmo de um demônio.

Qual deveria ter sido minha conduta, não sei. O lamentável estado de minha vítima mergulhara o ambiente em um lúgubre embaraço: por alguns minutos, pairou um silêncio absoluto, e senti que enrubescia diante dos olhares faiscantes de desprezo e reprovação que os menos depravados do grupo me lançavam. Confesso que, por um breve instante, a angústia que assolava meu coração se dissipou, graças a uma súbita e extraordinária interrupção. As portas do quarto foram escancaradas com vigoroso ímpeto que extinguiu, como se por mágica, todas as velas do aposento. Antes que apagassem completamente, as chamas nos permitiram vislumbrar que o invasor, mais ou menos da mesma altura que eu, estava encoberto por uma capa. A escuridão era total, mas podíamos sentir sua presença entre nós. Antes mesmo de nos recuperar do formidável susto que aquela violenta invasão nos causara, ouvimos a voz do estranho.

"Cavalheiros", disse ele, em um sussurro claro e inesquecível que me provocou um frio na espinha. "Cavalheiros, não pedirei desculpas pelo meu comportamento, pois estou apenas cumprindo um dever. Os senhores com certeza desconhecem o verdadeiro caráter do homem que hoje à noite ganhou uma grande soma de dinheiro de lorde Glendinning no *écarté*. Proponho um meio rápido e conclusivo para descobrirem essa imprescindível informação. Examinem, por favor, o forro interno do punho de sua manga esquerda e os diversos maços que ele carrega nos espaçosos bolsos de seu robe."

Enquanto ele falava, os demais guardavam um silêncio sepulcral. Ao terminar, ele partiu em um piscar de olhos, tão abruptamente como entrara. Será que posso — será que devo — descrever o que senti? Preciso dizer que experimentei o mais infernal dos horrores? Tive, contudo, pouco tempo para reflexão. Várias mãos me agarraram na mesma hora, e as velas foram acesas. Começaram a me revistar. No forro da minha manga encontraram todas as cartas com figuras, essenciais ao *écarté*. Nos bolsos do meu robe havia reproduções idênticas dos baralhos que usávamos em nossos jogos, com a única exceção de que os meus eram, tecnicamente, chamados de *arrondées*: as cartas com figuras da corte ligeiramente convexas nas extremidades, e as outras, nas laterais. Assim, quando a vítima do golpe cortasse o baralho ao comprido, como se costuma fazer quase sempre, inevitavelmente daria uma carta com figura para seu adversário, ao passo que o golpista, cortando ao largo, não daria nenhuma carta valiosa para a vítima.

Uma explosão de indignação teria me afetado menos do que o silêncio desdenhoso e a compostura sarcástica com que a descoberta foi recebida.

"Sr. Wilson", disse nosso anfitrião, inclinando-se para apanhar sob seus pés uma sofisticada capa de pele rara. "Creio que isto lhe pertence." (Estava frio e, antes de sair de meu quarto, jogara sobre os ombros do meu robe uma capa, que retirara ao chegar ao local do jogo.) "Suponho ser desnecessário buscar aqui evidências adicionais de seus talentos", prosseguiu ele, relanceando os bolsos da capa com um sorriso amargo. "Já basta. Espero que compreenda a necessidade de sair de Oxford ou de, no mínimo, se retirar imediatamente de meus aposentos."

Humilhado, reduzido a pó como estava, é provável que tivesse reagido a esse linguajar petulante com violência — se minha atenção não tivesse sido desviada por um fato alarmante. A capa que eu usava naquela noite fora confeccionada com pele rara. Não ouso revelar a raridade, nem a exorbitância de seu preço, mas o corte havia sido imaginado por mim, pois em questões frívolas eu era exigente às raias do absurdo. Sendo assim, quando Preston me devolveu a capa que havia recolhido do chão, perto da porta, percebi com espanto que beirava o terror que já trazia a minha no braço: a que ele me entregara era uma réplica exata da minha, idêntica em todos os detalhes. A criatura singular que me desmascarara de maneira tão catastrófica estava, lembro-me bem, encoberta por uma capa. Além de mim, ninguém mais em nosso grupo usara capa naquela noite. Mantendo certa presença de espírito, apanhei a capa que Preston me estendia, coloquei sobre a minha sem que ninguém notasse e retirei-me com um olhar desafiador. Na manhã seguinte, antes mesmo da aurora, parti de Oxford, deixando em seguida a própria Inglaterra, dilacerado de horror e vergonha.

Fugi em vão. Meu maligno destino me perseguiu, exultante, provando que seu misterioso domínio sobre mim estava apenas começando. Mal coloquei os pés em Paris, pude comprovar o abominável interesse que esse Wilson tinha pelos meus assuntos. Os anos se passaram, mas não tive um só instante de trégua. Maldito! Com que inoportuna embora espectral interferência ele se interpôs entre mim e minha ambição em Roma! E em Viena, em Berlim, em Moscou! Na verdade, não havia lugar em que eu não tivesse motivos para amaldiçoá-lo do fundo do coração. Em pânico, acabava sempre fugindo de sua inescrutável tirania, como quem busca escapar da peste. Fugi para os confins do mundo, mas todas as fugas foram em vão.

Sondando as profundezas de minha alma, vivia me perguntando: "Quem é ele? De onde veio? Quais seus objetivos?". Mas não encontrava respostas. Com minúcia, analisava os aspectos, os métodos e os traços principais de sua impertinente vigilância. Havia, porém, pouquíssimo para fundamentar minhas conjecturas. Ainda assim, constatei que em todas as incontáveis ocasiões em que cruzara meu caminho nos últimos tempos, o fizera apenas para atrapalhar estratagemas e interromper atos que, se levados a cabo, poderiam ter resultado em amargos transtornos. Pífia justificativa para uma autoridade arrogada com tamanha soberba! Pobre consolo para um direito de autonomia tão ofensivamente negado!

Também reparei que meu algoz, durante muito tempo, em suas diversas interferências para frustrar minhas intenções, embora reproduzisse com detalhes e assombrosa habilidade todos os meus trajes, cuidara para que eu jamais visse, em momento algum, o seu rosto. Seja lá quem fosse esse Wilson, isso para mim era o cúmulo da afetação, ou da tolice. Será que me julgava incapaz de reconhecer no conselheiro em Eton, no destruidor da minha honra em Oxford, no obstáculo à minha ambição em Roma, à minha vingança em Paris, à minha paixão em Nápoles e ao que ele equivocadamente chamara de minha avareza no Egito meu antigo arqui-inimigo, o William Wilson dos tempos de colégio? Meu homônimo, meu companheiro, meu rival — meu odiado e temido antagonista na escola do dr. Bransby? Impossível! Mas me permitam contar o derradeiro episódio deste drama.

Durante todo esse tempo, eu havia me submetido sem esboçar reação ao seu autoritário domínio. A reverência profunda com que me habituara a encarar o caráter superior, a sabedoria admirável e a aparente onipresença e onipotência de Wilson, acrescida de um sentimento de terror provocado por outros traços de sua natureza, até então me convencera de que era fraco e impotente, favorecendo assim uma submissão implícita, embora relutante, à sua vontade arbitrária. Nos últimos tempos, porém, entregara-me totalmente ao vinho, e sua atordoante influência em meu temperamento hereditário tornara-me cada vez mais refratário ao controle alheio. Comecei a ponderar, a hesitar, a resistir. Seria apenas minha imaginação que me levava a crer que um aumento de minha força poderia, proporcionalmente, diminuir a do meu algoz? De todo modo, comecei a vislumbrar uma esperança ardente e acabei acalentando, em meu íntimo, a rigorosa e desesperada decisão de que não seria mais escravizado por ele.

Aconteceu em Roma, no carnaval de 18—. Estava em um baile a fantasia no *palazzo* do napolitano duque Di Broglio. Abusara com mais liberalidade que de costume dos excessos do vinho, e a atmosfera sufocante dos salões abarrotados de convivas me provocava insuportável irritação. A dificuldade em abrir caminho pela turba também contribuiu bastante para me deixar exasperado, pois empreendia uma busca obstinada (não direi, contudo, com que indigno propósito) pela jovem, alegre e bela esposa do velho Di Broglio. Ela, com inescrupulosa confidência, informara-me previamente qual fantasia estaria usando e, tendo-a identificado de relance, apressava-me para ir ao seu encontro. Estava assim concentrado quando senti um leve toque no ombro e ouvi aquele maldito e inconfundível sussurro ao pé da orelha.

Transido de fúria, virei-me para o inconveniente e o agarrei pelo colarinho, com violência. Como já imaginara, vestia o mesmo traje que eu: uma vasta capa espanhola e uma máscara negra de seda que lhe cobria todo o rosto.

"Canalha!", exclamei, com a voz rouca de cólera, sentindo que cada sílaba pronunciada reacendia a brasa do meu ódio. "Canalha! Impostor! Infeliz! Não irás me atormentar até a morte! Vem comigo, ou irei te apunhalar aqui mesmo!", disse eu, saindo do salão e seguindo para uma pequena antecâmara contígua, arrastando-o à sua revelia.

Assim que entramos, empurrei-o para longe. Cambaleante, ele se escorou na parede enquanto eu fechava a porta, esbravejando uma imprecação. Furioso, exortei-o a desembainhar sua espada. Ele hesitou por um instante e depois, com um suspiro, acatou, colocando-se em guarda.

O combate foi rápido. Tomado por fúria alucinada, sentia em meu braço a energia e o vigor de um exército inteiro. Em poucos segundos, valendo-me da colossal força que me movia, encurralei-o contra o lambril e, tendo-o assim indefeso, enterrei a espada com ferocidade reiteradas vezes em seu peito.

Naquele momento, alguém tentou abrir a porta. Corri para impedir uma intromissão, regressando logo em seguida para meu moribundo antagonista. Não existem palavras para descrever o choque, o horror que me assolou ante a cena que se apresentava diante de meus olhos! Meu breve afastamento bastara para, aparentemente, operar uma mudança na disposição da mobília. Surgira no aposento um imenso espelho — ou assim me pareceu, em minha perturbação — onde antes não havia nada e, à medida que dele me aproximava, em absoluto terror, via minha própria imagem, pálida e coberta de sangue, caminhar na minha direção em passos débeis e trôpegos.

Assim me pareceu, mas não foi. Era meu antagonista — era Wilson quem pairava diante de mim, agonizante, nos estertores da morte. Sua máscara e sua capa jaziam no chão, onde ele as atirara. E não havia um único fio em seus trajes e um único traço em seu rosto que não fossem absolutamente idênticos aos meus!

Era Wilson, mas já não falava em seu habitual sussurro, e sim em uma voz que poderia jurar ser a minha.

"Venceste. Eu me rendo. Mas, a partir de agora, também estás morto. Morto para o Mundo, para o Céu e para a Esperança! Era em mim que existias! Agora que morro, vê nesta imagem, que é a tua, como assassinaste a ti mesmo."

◀ O ENIGMA DOS DUPLOS ▶

O HOMEM
da
MULTIDÃO

EDGAR ALLAN POE
— 1840 —

Ce grand malheur, de ne pouvoir être seul.[1]
— La Bruyère —

Foi muito bem dito a respeito de certo livro alemão que *er lässt sich nicht lesen*: ele não se permite ser lido. Alguns segredos não se permitem ser contados. Todas as noites, pessoas morrem em suas camas, crispando as mãos de confessores espectrais e fitando-os com pesar — morrem com o coração em desespero e a garganta sufocada, em razão de hediondos mistérios que *não se permitem* ser revelados. Por vezes, infelizmente, a consciência humana carrega um fardo tão pesado em seu horror que só encontra alívio no túmulo. Assim, a essência de todos os crimes permanece oculta.

---

1 "Esta grande infelicidade de não poder estar só!"

Não faz muito tempo, em um entardecer de outono, estava eu sentado junto à ampla janela do café D. em Londres. Convalescia de uma doença que me acometera por longos meses e, sentindo que recobrava as forças, me encontrava em uma daquelas disposições alegres que representam a perfeita antítese do *ennui*: um estado de espírito de intensa apetência em que o véu que turva a visão mental é suspenso — αχλυς ος πριν επηεν[2] —, e o intelecto, eletrizado, ultrapassa sensivelmente sua ordinária condição, do mesmo modo que a razão vívida, porém inocente, de Leibnitz ultrapassa a louca e inconsistente retórica de Górgias. O simples ato de respirar era um júbilo, e eu extraía satisfação até mesmo de inequívocas fontes de sofrimento. Experimentava um interesse sereno e inquisitivo por tudo o que me cercava. Com um charuto na boca e um jornal nas mãos, havia me distraído durante boa parte da tarde, ora examinando anúncios, ora observando o grupo variado que frequentava o café, ora perscrutando a rua pelos vidros esfumaçados do estabelecimento.

A rua em questão, uma das principais da cidade, estivera apinhada de transeuntes durante todo o dia. Porém, com a aproximação da noite, a horda aumentara e, quando foram acesos os lampiões, dois fluxos compactos e contínuos de pessoas apressavam-se do lado de fora. Nunca vivenciara semelhante situação naquele período específico do anoitecer, e o tumultuoso mar de rostos arrebatava-me com uma prazerosa emoção sem precedentes. Por fim, abandonei todas as distrações que me ocupavam no café para ficar absorto na contemplação da cena lá fora.

De início, meu olhar vagou de modo abstrato e generalizante. Reparei as massas de passantes, considerando apenas suas relações coletivas. Não tardou, porém, para que começasse a distinguir detalhes e passei a observar com minucioso interesse as inúmeras variedades de corpos, trajes, trejeitos, andares, faces e expressões fisionômicas.

A grande maioria de pedestres ostentava um ar confiante e objetivo, e parecia ter um único pensamento: abrir caminho na multidão.

---

2 "A escuridão que outrora a cobria."

Franziam as frontes e lançavam olhares inquietos, mas não demonstravam sinais de impaciência quando eram empurrados uns contra os outros: apenas ajeitavam as roupas e seguiam apressadamente seu caminho. Outra vasta parcela da turba era composta por pessoas que se movimentavam agitadas, com rostos afogueados, falando e gesticulando sozinhas, como se a própria concentração de indivíduos ao seu redor aumentasse sua solidão. Quando impedidas de avançar, silenciavam seus murmúrios, mas acentuavam seus gestos e aguardavam, com um sorriso vago e exagerado, a passagem daqueles que obstruíam seu caminho. Quando empurradas, curvavam-se em ostensiva reverência, visivelmente atordoadas. Não havia nenhuma distinção em particular entre esses dois numerosos grupos além das que observei. Seus trajes pertenciam à classe cujo termo "decente" define com exatidão. Sem dúvida eram fidalgos, negociantes, advogados, comerciantes, acionistas — os eupátridas e os homens comuns da sociedade —, homens de lazer e homens imersos em seus próprios negócios, conduzindo-os sob sua própria responsabilidade. Não despertaram muito meu interesse.

    A classe dos funcionários era bastante perceptível e pude discernir duas notáveis divisões. Havia os auxiliares de escritórios de firmas imponentes — jovens com casacas apertadas, botas lustrosas, cabelos engomados e lábios arrogantes. À exceção de certo alinho no porte que, por falta de melhor termo chamarei de "escritorismo", seu estilo parecia uma perfeita reprodução em fac-símile do que fora considerado o ápice da elegância um ano ou um ano e meio atrás. Usavam os refugos da alta sociedade — o que, creio eu, é a melhor definição de sua classe.

    E havia os altos funcionários de firmas tarimbadas, os "veteranos", que eram inconfundíveis. Distinguiam-se por seus ternos com calças mais largas, pretas ou marrons, feitas sob medida para dar conforto ao se sentar, por suas gravatas e seus coletes brancos, por seus sapatos resistentes, meias grossas e polainas. Eram todos meio calvos e tinham as orelhas direitas curiosamente protuberantes, pelo hábito antigo de nelas acomodar suas canetas. Reparei que sempre tiravam ou ajeitavam seus chapéus com as duas mãos e usavam modelos requintados e antigos de relógios com curtas correntes de ouro. Exibiam a afetação vaidosa da respeitabilidade, se é que existe uma afetação tão honrada.

Notei indivíduos de aparência vistosa que logo identifiquei como ajanotados batedores de carteira, raça que infesta todas as grandes cidades. Observei-os com muita curiosidade, sem compreender como podiam ser confundidos com cavalheiros pelos próprios cavalheiros. A largura exagerada dos punhos da camisa e o ar de excessiva franqueza deveriam imediatamente denunciá-los.

Os jogadores, e não foram poucos os que identifiquei, eram ainda mais reconhecíveis. Embora vestissem trajes variados — desde o colete de veludo, o *foulard* extravagante, as correntes douradas e os botões enfeitados do mais afoito e embusteiro dos malandros até as vestes criteriosamente despidas de adornos dos clérigos, menos passíveis de suspeita —, eram traídos pelo rosto intumescido de tez crestada, pelo olhar baço, pela palidez e pelos lábios comprimidos. Exibiam também dois outros traços para mim indefectíveis: um eterno tom de conluio em suas conversas e um polegar de incomum extensão, que formava um ângulo reto com os demais dedos. Muitas vezes, na companhia desses vigaristas, encontrei um ou outro com hábitos diferentes, mas, de modo geral, eram farinha do mesmo roto saco. Podem ser definidos como cavalheiros que vivem à custa de sua astúcia. No tocante à caça às vítimas, dividem-se em duas frentes: a dos janotas e a dos militares. Os traços distintivos da primeira classe são cabelos longos e sorrisos; da segunda, casacos ornados com alamares e um olhar de reprovação.

Mais abaixo na escala do que chamamos fidalguia, encontrei exemplos mais sombrios e profundos para especulação. Vi ambulantes judeus, cujos rostos ostentavam uma expressão de abjeta humildade, a não ser pelos olhos rútilos de falcão; robustos pedintes profissionais hostilizando mendigos de melhor aparência, levados pelo desespero a depender da caridade alheia; débeis e horripilantes inválidos, inexoravelmente tocados pelo dedo da morte, que se arrastavam trôpegos pela multidão, fitando os passantes com ar de súplica, como se sedentos por uma consolação ocasional, como se famintos por uma esperança perdida; mocinhas modestas voltando para seus soturnos lares após um dia longo e árduo de trabalho, evitando, mais com tristeza do que indignação, os olhares lascivos dos rufiões, cujo contato direto não podiam evitar; mulheres da vida, de todos os tipos e idades — a inequívoca beleza no auge da feminilidade, evocando na mente a estátua de Luciano, feita de mármore de Paros por fora, mas repleta de imundície por dentro — a nauseabunda leprosa em andrajos, a velha enrugada, coberta de joias e maquiagem, em um derradeiro esforço para parecer jovem; a menina ainda de formas imaturas, mas que, pela convivência, já era adepta das deploráveis coqueterias da profissão, abrasada pela ávida ambição de estar em condição de igualdade com as traquejadas de seu vício; incontáveis e indescritíveis bêbados — alguns esfarrapados, de andar trôpego e fala inarticulada, com o rosto machucado e os olhos vidrados; outros com trajes intactos, mas imundos, caminhando com suave desequilíbrio, com grossos lábios sensuais e rostos redondos e rubicundos; outros com roupas de tecidos outrora de boa qualidade, ainda escrupulosamente escovadas —, homens que avançavam com passadas firmes e flexíveis, mas que exibiam no rosto uma palidez medonha, revelavam uma selvageria bruta nos olhos injetados e que, enquanto caminhavam pela multidão, agarravam com dedos trêmulos qualquer objeto ao seu alcance; sem contar os carregadores, carvoeiros, limpadores de chaminé, tocadores de realejo, adestradores de macacos, cantores itinerantes, artesãos esfarrapados e trabalhadores exaustos, dos mais variados tipos, todos repletos com uma ruidosa e desordenada vivacidade que ressoava dissonante aos ouvidos e trazia incômodo aos olhos.

À medida que caía a noite, aumentava meu interesse na cena. Não só o caráter geral da multidão se alterava (os rostos mais suaves desaparecendo no recolhimento gradual da parcela mais ordenada da massa, substituídos por faces mais grosseiras, pois a hora tardia atraía toda espécie de infâmia para fora da toca), como a iluminação dos lampiões a gás, inicialmente fraca em sua luta contra o dia que agonizava, finalmente saíra vencedora do combate e derramava sobre a rua seu clarão inquieto e vulgar. A noite estava sombria, mas esplêndida, como o ébano a que o estilo de Tertuliano foi comparado.

Os efeitos extravagantes da iluminação me levaram a um exame individualizado dos rostos. Embora a rapidez com que se moviam, imersos em uma orbe fugaz de luz, permitisse apenas um vislumbre de relance pela janela, eu tinha a impressão de que, em meu peculiar estado mental, podia ler naquelas faces, mesmo no breve intervalo de um piscar de olhos, a história de longos anos.

Com a testa encostada no vidro, estava assim entretido no escrutínio da multidão quando, de repente, despontou um semblante (um velho decrépito, de uns sessenta e cinco ou setenta anos de idade) que, de imediato, capturou e absorveu todo o meu interesse, pela absoluta idiossincrasia de sua expressão. Jamais vira uma expressão nem sequer remotamente semelhante àquela. Lembro-me que o primeiro pensamento que me ocorreu ao avistá-la foi que Retzch, se acaso a tivesse visto, haveria de considerá-la melhor do que suas próprias representações pictóricas do demônio. Enquanto me esforçava para analisar o significado que transmitia, durante o breve instante dessa primeira impressão, surgiu em minha mente, de modo confuso e paradoxal, uma série de ideias: o rosto exprimia vasta capacidade intelectual, cautela, penúria, avareza, frieza, malícia, sanguinolência, triunfo, jovialidade, terror excessivo e desespero intenso — supremo. Senti-me entusiasmado, surpreso, fascinado. "Que história formidável não estará escrita nesse peito!", pensei. Fui invadido então pelo ávido desejo de não perder aquele sujeito de vista — de saber mais sobre ele. Vesti depressa meu casaco, apanhei meu chapéu e minha bengala, e corri para a rua, avançando pela turba, seguindo pela direção que o vira tomar, pois ele já desaparecera de vista. Com certa dificuldade, enfim tornei a distingui-lo na multidão e, aproximando-me, passei a segui-lo de perto, cuidando para não chamar sua atenção.

Tive então excelente oportunidade para examinar sua figura. Era baixo, muito magro e, aparentemente, muito frágil. Embora os trajes estivessem de modo geral imundos e esfarrapados, quando o clarão intermitente dos lampiões a gás o desnudava, pude reparar que os tecidos eram de boa qualidade, a despeito da imundície. Além disso, a menos que tenha sido ludibriado por meus olhos, entrevi por um rasgo da toda abotoada *roquelaure*,[3] visivelmente de segunda mão, um diamante e uma adaga. Tais detalhes acentuaram minha curiosidade, e decidi continuar seguindo o estranho.

A noite agora estava densa, e a espessa neblina úmida que pairava sobre a cidade não tardou a converter-se em chuva torrencial. A mudança do clima produziu um efeito curioso na multidão que, agitando-se em renovado tumulto, foi ofuscada por uma miríade de guarda-chuvas. O alvoroço, os esbarrões e a algazarra decuplicaram. De minha parte, não me importei com a chuva: a velha febre à espreita em meu organismo conferia um temerário deleite à torrente que me encharcava. Amarrando um lenço sob o pescoço, prossegui. Durante meia hora, o velho avançou com dificuldade pela larga avenida, e segui em seu encalço, com medo de perdê-lo de vista. Como ele não olhou para trás nem uma vez sequer, não percebeu que estava sendo seguido. A certa feita, enveredou por uma rua transversal que, embora abarrotada de transeuntes, não estava tão congestionada como a principal. Sua transformação de comportamento foi notável. Pôs-se a caminhar mais vagarosamente e parecia menos determinado do que estivera até então, mais hesitante. Atravessou a rua de um lado para o outro repetidas vezes, sem objetivo aparente. Como a multidão continuava compacta, a cada deslocamento do estranho eu via-me obrigado a segui-lo de perto. A rua era estreita e comprida, e ele a percorreu por quase uma hora, e nesse meio-tempo o número de passantes diminuiu gradualmente à quantidade que se costuma ver à noite na Broadway, nas proximidades do parque — indicativo da grande diferença que existe entre a população de Londres e a da mais frequentada cidade norte-americana. Uma nova mudança de rumo nos levou até uma praça muito iluminada, pululando de vida. O estranho voltou a se comportar como antes. Com a cabeça baixa, vasculhava a noite com olhos frenéticos sob a testa franzida, fitando todos que o cercavam. Avançava com firmeza e perseverança. Surpreendi-me ao ver que, após ter completado uma volta pela praça, regressou e refez

---

3 Espécie de capa, batizada com o nome de uma comuna francesa.

o caminho que acabara de percorrer. Fiquei ainda mais aturdido, porém, ao vê-lo repetir o itinerário diversas vezes — quase me flagrando ao dar uma meia-volta repentina.

Nesse exercício, transcorreu mais uma hora, e, ao fim desse intervalo, encontramos menos interrupções dos transeuntes. A chuva fustigava sem clemência, o ar esfriava, e as pessoas começavam a se recolher em suas casas. Com um gesto impaciente, o estranho embrenhou-se em um beco relativamente deserto. Avançou cerca de quatrocentos metros com uma velocidade que eu jamais sonhara ver em alguém tão idoso, e que tive dificuldade para acompanhar. Pouco depois, chegamos a um grande bazar, bastante movimentado. O estranho parecia bem familiarizado com o local e notei que seu antigo comportamento mais uma vez sobressaía enquanto vagava sem rumo, abrindo caminho entre a turba de compradores e vendedores.

Durante a hora e meia que passamos nesse lugar, precisei redobrar minha cautela para permanecer próximo, mas sem chamar sua atenção. Por sorte, estava calçando galochas e podia assim caminhar no mais perfeito silêncio. Em nenhum momento ele atentou para minha presença. Entrou em uma loja após a outra, sem perguntar preços, sem proferir uma só palavra, fitando as mercadorias com um olhar frenético e vago. Intrigadíssimo com seu comportamento, tomei a firme resolução de não o abandonar até que conseguisse satisfazer minha curiosidade a seu respeito.

Soaram onze horas da noite em estrondosas badaladas, e rapidamente o bazar foi se esvaziando. Um lojista, fechando sua venda, trombou com o velho, e reparei que estremeceu da cabeça aos pés. O estranho apressou-se, olhando nervosamente ao redor, e depois arremeteu com inacreditável ligeireza por ruas tortuosas e desertas, até desembocarmos de novo na via principal, a rua do café D. O local, porém, estava muito diferente: continuava bem iluminado, mas a chuva caía torrencialmente e quase não se via mais ninguém por perto. O estranho empalideceu. Após caminhar melancólico pela outrora movimentada avenida, suspirou e virou-se na direção do rio. Após enveredar por ruas sinuosas, chegou a um dos principais teatros da cidade.

Como era hora de fechar, um numeroso público escoava por suas portas. Ofegante, o velho arremessou-se em meio à multidão. Contudo, notei que a intensa agonia que havia pouco exibira o seu rosto, de algum modo, desanuviara. Ele voltou a abaixar a cabeça: tinha o mesmo aspecto de quando o vira pela primeira vez. Observei que agora tomava o rumo para onde se encaminhara a maioria dos espectadores do teatro, mas, de modo geral, suas erráticas ações permaneciam um completo mistério para mim.

Enquanto caminhava, a aglomeração começou a rarear e o velho retornou ao seu antigo desconforto e estado de hesitação. Por um tempo, seguiu de perto um grupo de dez ou doze baderneiros, mas o grupo foi minguando até que restaram apenas três, seguindo por uma rua estreita, sombria e pouco frequentada. O estranho estacou e, por um instante, pareceu perdido em seus pensamentos, antes de avançar às pressas, com sinais evidentes de nervosismo, por um caminho que nos conduziu até os confins da cidade, para regiões bem diversas das que atravessáramos até então. Era o bairro mais repulsivo de Londres, onde tudo se revestia da miséria mais deplorável, dos crimes mais desatinados. Sob a luz escassa de lampiões fortuitos, descortinavam-se prédios altos e antigos, com as fachadas de madeiras corroídas por carunchos, que mais pareciam se equilibrar precariamente uns nos outros, espalhados em tantas e tão instáveis direções que mal se distinguia uma nesga entre eles. As pedras da calçada jaziam ao acaso, removidas de seu encaixe original pela grama que crescia vigorosa. Esgotos entupidos exalavam um tenebroso e torpe cheiro. O cenário era absolutamente desolador. Enquanto seguíamos, porém, o burburinho da multidão tornava-se mais audível e, por fim, nos deparamos com inúmeros grupos da população mais abandonada de Londres, perambulando de um lado para o outro. O ânimo do velho se reacendeu, como uma lamparina que reluz intensa em seus estertores, prestes a se apagar de vez. Novamente, apertou o passo com flexível celeridade. De repente, ao dobrarmos uma esquina, um clarão de luz feriu nossos olhos e nos vimos diante de um dos imensos templos da Intemperança: um dos palácios do demônio chamado Gim.

O dia já estava quase clareando, mas um aglomerado de miseráveis bêbados ainda se concentrava na espalhafatosa entrada do bar. Com um guincho de êxtase, o velho abriu caminho porta adentro e, adotando de pronto seu antigo comportamento, rondou o local, sem aparente objetivo, imiscuindo-se no bando. No entanto, pouco depois, uma precipitação dos frequentadores à porta indicou que o dono do estabelecimento estava prestes a fechá-lo. Detectei no semblante do ser singular que eu observara com tamanha persistência algo mais intenso do que desespero. Todavia, ele não hesitou: com delirante energia, refez seus passos imediatamente, regressando ao coração da grandiosa Londres. Prosseguiu com passadas amplas e ágeis, enquanto eu o seguia em atônito frenesi, determinado a não abandonar um exame que monopolizara todo o meu interesse. Enquanto caminhávamos, o sol nasceu e, quando alcançamos a grande artéria da populosa cidade, a rua do café D., o turbilhão de gente e a atividade humana eram apenas discretamente inferiores aos que eu vira na véspera. E ali, em meio ao crescente alvoroço, continuei minha obstinada perseguição ao estranho, que como de costume andou de um lado para o outro, e durante todo o dia não se afastou do rebuliço daquela rua. Quando as sombras da noite desceram sobre nós, senti um cansaço mortal e, postando-me diante do velho, o encarei fixamente. Ele nem sequer me notou, retomando sua caminhada solene, enquanto eu, desistindo de segui-lo, permaneci absorto em contemplação. "Este velho tem o tipo e a inteligência do autêntico criminoso", concluí, afinal. "Ele se recusa a ficar só. É um homem da multidão. É inútil segui-lo, pois nada descobrirei sobre sua pessoa ou seus atos. O coração mais negro do mundo é um tomo mais grosso do que o *Hortulus Animæ*,[4] e talvez seja uma das maiores misericórdias divinas que *er lässt sich nicht lesen*."

4   *Hortulus Animæ cum Oratiunculis Aliquibus Superadditis* (1498), de Hans Grunninger.

◄ O ENIGMA DOS DUPLOS ►

O RETRATO OVAL

EDGAR ALLAN POE
1842

O castelo onde meu criado ousou forçar a entrada, para que eu não passasse a noite gravemente ferido ao relento, era uma daquelas construções que mesclavam o lúgubre com o grandioso e há muito povoavam os Apeninos, tanto na vida real como na imaginação da sra. Radcliffe.[1] Pela aparência, o lugar fora abandonado em caráter temporário, e muito recentemente. Acomodamo-nos em um dos aposentos menores, ornado com a mobília menos suntuosa, localizado em uma torre remota do castelo. A decoração era primorosa, ainda que gasta e antiga. Suas paredes eram revestidas por tapeçarias e cobertas por diversos troféus de armas, de formas variadas, bem como uma quantidade incomum e expressiva de vívidas pinturas modernas, adornadas com molduras de arabescos dourados. Foram essas pinturas, penduradas não apenas nas superfícies das paredes, mas também nos recantos formados pela

---

1   Ann Radcliffe (1764-1823), escritora inglesa pioneira do gótico.

estranha arquitetura do castelo, que, talvez em razão de meu insipiente delírio, pus-me a contemplar com profundo interesse. Ordenei a Pedro que fechasse as pesadas venezianas do aposento — pois já anoitecera —, acendesse um alto candelabro à cabeceira da cama e abrisse as cortinas franjadas de veludo negro que circundavam o leito. Pedi que tomasse tais providências para que eu pudesse me deitar, se não para dormir, ao menos para apreciar aquelas pinturas e folhear um pequeno volume que encontrara sobre o travesseiro e que se propunha a comentá-las e descrevê-las.

Por muitas, muitas horas, li e contemplei as pinturas, muito, muito devotamente. As horas correram lépidas e gloriosas até meia-noite. Insatisfeito com a posição do candelabro, estiquei meu braço com dificuldade, para não acordar o criado adormecido, e o coloquei de modo que seus raios de luz banhassem por completo as páginas do livro.

Meu gesto produziu um efeito inesperado: os raios das inúmeras velas (pois eram muitas) iluminaram um nicho do cômodo até então mergulhado nas sombras, ao lado de um dos pilares da cama. Vi então nitidamente uma pintura que não notara antes. Era o retrato de uma jovem, os sinais da moça desabrochando em uma mulher. Olhei a imagem de relance, fechando em seguida os olhos. O motivo pelo qual fiz isso, inicialmente, escapou à minha própria compreensão. No entanto, enquanto permanecia de olhos fechados, especulei as razões que poderiam ter assim me motivado. Foi uma reação impulsiva, calculada para ganhar tempo para refletir — para me certificar de que meus olhos não haviam me traído. Para tranquilizar e doutrinar minha imaginação a um olhar mais sóbrio e preciso. Passados alguns instantes, mirei fixamente a pintura.

Não havia dúvida de que agora a via com clareza; o primeiro clarão das velas a incidir sobre a tela pareceu dissipar o estado de estupor onírico que sequestrara meus sentidos, trazendo-me bruscamente de volta à vida de vigília.

O retrato, como disse, era de uma moça. Exibia apenas cabeça e ombros, e fora executado com a técnica chamada *vignette*, no estilo dos bustos favoritos de Sully. Os braços, o colo e até mesmo as pontas de suas radiantes madeixas fundiam-se imperceptivelmente na sombra vaga, porém densa, que compunha o fundo da pintura. A moldura era oval, com ricos detalhes dourados e filigranada à mourisca. Enquanto obra de arte, era uma pintura admirável. Contudo, o que me abalou de forma tão inesperada e intensa não fora a execução do trabalho ou a beleza imortal da modelo. Também não creio que minha imaginação, avivada de um sono intermitente, possa ter confundido a pintura com uma pessoa real. Logo vi que as peculiaridades do estilo, da técnica e da moldura eram suficientes para dissipar tal ideia — mais do que isso: impediam até mesmo sua momentânea consideração. Refletindo sobre tais questões, permaneci quiçá uma hora, meio sentado, meio recostado, com os olhos fixos no retrato. Por fim, satisfeito com o verdadeiro segredo de seu efeito, deitei-me na cama. Descobri que o encanto da pintura estava na perfeição absoluta do rosto retratado, que de início me surpreendera e depois me atordoara, subjugara e me enchera de terror. Com profundo e reverente assombro, devolvi o candelabro à sua posição original. Encobrindo assim a causa da minha agitação, busquei avidamente o tomo que versava sobre as pinturas e suas histórias. Localizando o número referente ao retrato oval, li as palavras obscuras e bizarras que se seguem:

> "Era uma donzela da mais rara beleza, só não mais adorável do que plena de alegria. Maldita foi a hora em que conheceu, amou e se casou com o pintor. Ele, homem impetuoso, estudioso, austero, que já havia desposado a sua Arte; ela, donzela de rara beleza, só não mais adorável do que plena de alegria, feita de luz e sorrisos, brincalhona como uma jovem corça; amava e estimava todas as coisas, exceto a Arte, sua rival; temia apenas a palheta e os pincéis e os demais instrumentos detestáveis que a privavam do rosto de seu amado. Foi com terror que ouviu o pintor declarar que desejava retratar sua jovem esposa. Humilde e obediente, sentou-se docilmente durante semanas a fio no alto e sombrio aposento da torre, onde

a única luz a iluminar a pálida tela vinha de cima. O pintor, no entanto, regozijava-se com seu trabalho, que devorava horas inteiras, dias inteiros. Era um homem obstinado, indomável e volúvel, que perdia-se amiúde em seus devaneios. Não via que a parca claridade que filtrava raios mortiços de luz na solitária torre drenava a saúde e a disposição de sua esposa, que definhava a olhos vistos, exceto para os dele. Apesar disso, ela permanecia com sorriso perene, sem jamais proferir uma queixa, pois via que o pintor (muito renomado) experimentava prazer fervoroso e ardente em sua tarefa, e labutava dia e noite para retratar aquela que tanto o amava, mas que a cada dia se tornava mais e mais abatida, e fraca. E aqueles que viam o retrato comentavam à meia-voz a semelhança, como se estivessem diante de um feito magistral, uma evidência não apenas do talento do pintor, mas do amor profundo que nutria por quem retratava com extraordinária fidelidade. Por fim, quando a pintura se aproximava da conclusão, o pintor proibiu o acesso à torre: possuído por ardoroso frenesi, mal desviava os olhos da tela, nem mesmo para fitar o semblante de sua esposa. Não via que as cores que espalhara na tela haviam se esvaído das faces daquela que permanecia ao seu lado. Muitas semanas se passaram e restava pouquíssimo a ser feito para dar o trabalho como concluído: uma pincelada na boca, um retoque no olho. Então, o espírito da moça se iluminou como uma centelha fugaz. O pintor concluiu a pincelada, executou seu retoque e, por um instante, prostrou-se transido diante da obra terminada. Porém, enquanto a contemplava, estremeceu, lívido de espanto e trovejou, retumbante: 'Retratei a própria Vida!'. Virou-se então para sua amada. *Ela estava morta.*"

Crias do grotesco

◀ CRIAS DO GROTESCO ▶

O ANJO DO BIZARRO.
UMA HISTÓRIA
EXTRAVAGANTE

EDGAR ALLAN POE
1844

Foi em uma gélida tarde de novembro. Havia acabado de me regalar com um banquete atipicamente farto, em que uma indigesta trufa fora o menor dos meus males. Estava sentado sozinho na sala de jantar, com os pés no guarda-fogo da lareira e o cotovelo apoiado em uma mesinha que arrastara para perto do lume. Sobre a mesinha havia umas sobremesas insípidas e algumas variadas garrafas de vinho, aguardentes e licores. Pela manhã, andara lendo *Leonidas*, de Glover; *Epigoniad*, de Wilkie; *Peregrinação*, de Lamartine; *Columbiad*, de Barlow; *Sicília*, de Tuckermann; e *Curiosidades*, de Griswold.[1] Devo confessar que estava me sentindo um pouco burro. Tentei me reanimar

---

[1] Os livros citados são: *Leonidas* (1737), de Richard Glover; *The Epigoniad: A Poem in Nine Books* (1757), de William Wilkie; *A Pilgrimage to the Holy Land* (1835), de Alphonse de Lamartine; *The Columbiad* (1807), de Joel Barlow; *Sicily: A Pilgrimage* (1839), de Henry T. Tuckerman; e *Curiosities of American Literature* (1844), de Rufus W. Griswold. Griswold foi o célebre amigo/inimigo de Poe, autor de seu obituário e responsável por macular sua imagem, na ocasião da misteriosa morte do autor.

com o costumeiro Lafitte,[2] mas, não tendo êxito, apelei em meu desespero para um jornal disperso. Após uma leitura atenta dos anúncios de "aluguel de casas", "cães perdidos" e de mais duas colunas de "esposas e aprendizes fujões", parti determinado para os editoriais e, tendo lido tudo do início ao fim sem compreender uma só palavra, considerei a possibilidade de que os textos estivessem escritos em chinês. Reli tudo, mas sem nenhum resultado satisfatório. Estava prestes a lançar fora, com repulsa,

> *Esse fólio de quatro páginas, leda labuta*
> *Que nem mesmo os poetas ousam criticar,*

quando o seguinte parágrafo chamou minha atenção:

> "São muitos, e estranhos, os caminhos para a morte. Um jornal londrino menciona o motivo singular da morte de um sujeito que estava jogando 'Assopre o Dardo', brincadeira que consiste em inserir uma agulha comprida em um tubo de estanho e assoprá-la em um alvo. Colocando a agulha no lado contrário do tubo, o sujeito tomou fôlego para assoprar bem longe, mas acabou cravando a agulha na própria garganta. Ela penetrou seus pulmões e, em questão de dias, o homem faleceu."

Ao ler esse parágrafo, senti uma profunda e inexplicável revolta. "Isso é uma mentira deslavada!", exclamei. "Uma farsa medíocre, o refugo da inventividade de um deplorável jornalista de quinta categoria, um miserável inventor de acidentes na Cocanha.[3] Esses sujeitos se aproveitam da exagerada tendência atual de se acreditar em tudo e se

---

[2] Referência ao Château Lafite Rothschild, um dos mais caros vinhos do mundo. Uma única garrafa de Lafite (de 1787) foi leiloada em 1985 por 160 mil dólares. Poe emprega a grafia *Lafitte*.
[3] Apelido debochado para Londres, Cocanha (Cockaigne) faz alusão a um mítico país medieval onde se vivia em plenitude, abundância e sem a necessidade de trabalho. A palavra começou a ser usada no século XIX para se referir a Londres. O nome do dialeto londrino *cockney* também provém da Cocanha.

esmeram para inventar as mais improváveis possibilidades — acontecimentos bizarros, como costumam chamá-los. Agora, para uma mente reflexiva" (como a minha, acrescentei em parênteses, levando sem perceber o dedo ao nariz), "para um intelecto contemplativo como o meu, logo fica claro que o aumento expressivo desses 'acontecimentos bizarros' nos últimos tempos é, de longe, o acontecimento mais bizarro de todos. De minha parte, não pretendo acreditar daqui para a frente em mais nada que se diga 'singular'."

"*Mein Gott*, então você é bem idiota!", exclamou uma das vozes mais extraordinárias que já ouvi na vida. No começo, achei que não passasse de um zumbido em meus ouvidos — típico do que às vezes temos a impressão de ouvir quando muito bêbados, mas, ao refletir melhor, achei que o som se assemelhava mais ao eco de um barril vazio golpeado por um bastão. Aliás, essa teria sido minha conclusão definitiva, não fosse pela articulação de sílabas e palavras. Não sou de maneira alguma um sujeito nervoso, e as poucas taças de Lafitte que havia bebericado me deixaram destemido, de modo que, sem susto algum, limitei-me a levantar os olhos casualmente e a sondar o ambiente em busca do intruso. No entanto, não havia ninguém à vista.

"Ora!", prosseguiu a voz, enquanto eu esquadrinhava ao meu redor. "Você deve estar bêbado como um gambá, para não me ver sentado ao seu lado."

Ocorreu-me então olhar para a frente e de fato lá estava, fitando-me do outro lado da mesa, uma figura que desafiava qualquer descrição, embora não fosse indescritível. Seu corpo era uma pipa de vinho ou um barril de rum, algo nessa linha, e ele ostentava um ar verdadeiramente falstaffiano.[4] Suas extremidades inferiores eram compostas por duas barricas menores, que faziam as vezes de pernas. À guisa de braços, duas garrafas bem compridas pendiam das laterais do tonel, com os gargalos servindo como mãos. A cabeça do monstro era composta por um daqueles cantis hessianos que parecem uma grande caixa de rapé, com um buraco no meio da tampa. O cantil (com um funil

---

4 Referência ao personagem Sir John Falstaff, presente em várias obras de William Shakespeare.

sobreposto, como um chapéu caído com displicência sobre os olhos) estava enviesado sobre o tonel, com a abertura em minha direção: por essa abertura, que parecia suspensa como a boca de uma velha muito ranzinza, a criatura emitia resmungos que, evidentemente, pretendia que fossem inteligíveis.

"Eu disse que você deve estar bêbado como um gambá, para não me ver sentado ao seu lado, e deve ser mais burro do que uma anta, para não acreditar no que está vendo. Diante dos seus olhos está a verdade, a mais pura verdade."

"Quem é o senhor, posso saber?", perguntei com muita dignidade, embora um tanto aturdido. "Como foi que entrou aqui? E do que está falando?"

"Como entrei aqui? Não é da sua conta!", retrucou a figura. "Do que estou falando? Do que julgar apropriado! Quem sou eu? Vim aqui exatamente para que você visse com seus próprios olhos."

"Você não passa de um vagabundo bêbado", respondi. "Vou soar a campainha e mandar meu lacaio colocar você na rua."

"Rá, rá, rá", gargalhou o sujeito. "Isso você não pode fazer."

"Não posso? Como assim? O que não posso fazer?"

"Soar a campainha", respondeu ele, ensaiando um sorriso com sua boca perversa.

Ao ouvir essas palavras, fiz um esforço para me levantar e pôr em prática minha ameaça, mas o patife avançou sobre a mesa num ímpeto e, dando-me uma pancada na testa com sua mão de gargalo, derrubou-me outra vez na poltrona. Fiquei atordoado e, por um instante, sem saber o que fazer. Nesse meio-tempo, ele prosseguiu:

"Viu só? É melhor ficar bem sentado", ameaçou ele. "Agora vou lhe dizer quem sou. Olhe para mim! Veja! Sou o Anjo do Bizarro!"

"Bota bizarro nisso", me atrevi a responder. "Mas sempre achei que anjos tivessem asas."

"Asas!", esbravejou ele, incomodado. "O que eu faria com um par de asas? *Mein Gott*! Você está me confundindo com uma galinha, por acaso?"

"Não, claro que não!", retruquei, alarmado. "Você não tem nada de galináceo, posso lhe garantir."

"Bem, então fique sentado e se comporte, se não quiser levar outro tapa. Ouviu bem? Quem tem asa é galinha, coruja, demônio... Anjos não têm asas, e sou o Anjo do Bizarro."

"E seu assunto comigo seria...?"

"Meu assunto?!", exclamou ele. "Que sujeitinho mais mal-educado você deve ser para indagar a um cavalheiro, anjo ainda por cima, qual é o assunto!"

Aquele linguajar era mais do que eu podia suportar, mesmo vindo de um anjo. Reunindo toda a minha coragem, apanhei um saleiro que estava ao meu alcance e atirei na cabeça do invasor. Não sei, porém, se ele desviou ou se errei a mira, pois tudo que consegui fazer foi destruir o vidro que protegia o mostrador do relógio sobre a lareira. Já o Anjo reagiu ao meu fracassado ataque desferindo-me três pancadas consecutivas na testa, como fizera antes, o que bastou para que eu permanecesse enfim quieto. Devo confessar, quase com vergonha, que meus olhos se encheram de água, não sei se por dor ou ódio.

"*Mein Gott!*", disse o Anjo do Bizarro, aparentemente com pena de minha aflição. "*Mein Gott*, esse homem ou está muito bêbado, ou muito infeliz. Você não deve beber tanto assim, deve diluir um pouco de água no vinho. Tome, beba isso como um bom menino e pare de chorar!"

O Anjo do Bizarro então despejou em minha taça (que estava mais da metade cheia com vinho do Porto) um fluido incolor oriundo de uma de suas mãos-garrafas. Reparei que essas mãos-garrafas tinham rótulos em seus gargalos, onde se podia ler a palavra: "Kirschenwasser".[5]

A considerável gentileza do Anjo causou-me bastante comoção e, ajudado pela água que ele diluíra em meu Porto mais de uma vez, finalmente me recuperei o suficiente a ponto de ouvir seu discurso deveras extraordinário. Não tenho a pretensão de relatar tudo o que ele me contou, mas o que pude apurar de seu relato foi que ele era o gênio que presidia o *contretemps* da humanidade, cujo trabalho consistia em criar os acontecimentos bizarros que vivem surpreendendo os céticos. Vez ou outra, arrisquei expressar minha total incredulidade

---

5   Licor de cereja com, em média, 40% de teor alcoólico.
    A palavra *Kirschenwasser* significa "água de cereja", em alemão.

em relação a suas pretensões, mas ele demonstrou tanta exacerbação que, por fim, achei mais prudente ficar quieto e concordar com tudo. Sendo assim, ele falou por muito tempo, enquanto eu continuei reclinado em minha poltrona, de olhos fechados, mastigando uvas-passas e atirando longe os cabinhos. Aos poucos, porém, o Anjo foi tomando meu comportamento como sinal de desdém. Levantando-se em um acesso de cólera, cobriu os olhos com o funil, proferiu uma torrente de impropérios e vociferou uma ameaça que não pude compreender direito, até que se curvou em uma reverência e partiu, me desejando, nas palavras do arcebispo de Gil Blas, *"beaucoup de bonheur et un peu plus de bon sens"*.[6]

Sua partida me deixou aliviado. As pouquíssimas taças de Lafitte que eu bebericara haviam me deixado sonolento e fiquei inclinado a tirar um cochilo de uns quinze ou vinte minutos, como costumo fazer após o jantar. Tinha um compromisso importante e inadiável às seis da tarde. A apólice de seguro de minha casa expirara na véspera e, tendo surgido uma contenda, ficou combinado que eu deveria me reunir às seis com os diretores da empresa para definir os termos de renovação. Olhando de relance para o relógio sobre a lareira (pois estava muito sonolento para consultar meu relógio de bolso), constatei satisfeito que ainda tinha vinte e cinco minutos livres. Eram cinco e meia: eu podia tranquilamente chegar à agência de seguros em cinco minutos, e minhas *siestas* pós-refeição nunca ultrapassavam quinze minutos. Despreocupado então, entreguei-me ao sono.

Tendo repousado a contento, tornei a olhar para o relógio e me senti inclinado a cogitar a possibilidade de acontecimentos bizarros ao descobrir que, em vez dos habituais quinze ou vinte minutos, cochilara apenas três: ainda faltavam vinte e sete minutos para o meu compromisso. Voltei a entregar-me ao sono e, quando por fim despertei pela segunda vez, descobri para meu absoluto espanto que continuavam faltando vinte e sete minutos para as seis horas. Levantei-me depressa para examinar o relógio e descobri que parara de funcionar.

---

6   "Muita felicidade e um pouco mais de juízo", em tradução livre. Personagem da obra picaresca *L'Histoire de Gil Blas de Santillane*, de Alain-René Lesage (1715-1735).

Meu relógio de bolso marcava sete e meia da noite e, obviamente, tendo dormido duas horas, eu havia faltado ao encontro. "Não tem problema", pensei com meus botões. "Posso ir até a agência amanhã cedo e pedir desculpas. Enquanto isso, vou ver o que aconteceu com o relógio." Examinando-o, percebi que um dos cabinhos das uvas-passas que eu atirara longe, durante o discurso do Anjo do Bizarro, voara pelo vidro quebrado e se instalara, de modo bastante singular, no orifício de dar corda no relógio, impedindo com sua extremidade protuberante o movimento do ponteiro dos minutos.

"Ora, está explicado", pensei. "Um mero acidente, desses que acontecem de vez em quando!"

Não pensei mais no assunto e, na hora costumeira, fui me deitar. Coloquei uma vela na cabeceira e tentei ler algumas páginas de *A onipresença da divindade*,[7] mas infelizmente adormeci em menos de vinte segundos, deixando a vela acesa.

Meus sonhos foram perturbados por visões do Anjo do Bizarro, que julguei ver aos pés da cama, abrindo o reposteiro e me ameaçando — com o abafado e detestável tom de um barril de rum — com o mais amargo desejo de vingança por tê-lo tratado com desprezo. Ao concluir sua longa arenga, removeu o funil da cabeça e o inseriu na minha goela, inundando-me com uma torrente de Kirschenwasser, que descia em fluxo contínuo por uma das garrafas que lhe faziam as vezes de braços. Minha angústia foi por fim insuportável e despertei a tempo de flagrar um rato fugindo com a vela acesa, mas o roedor foi mais veloz e escapou com o butim pelo buraco. Não muito depois, um odor forte e sufocante penetrou minhas narinas: a casa, logo atinei, estava pegando fogo. Em questão de minutos, o incêndio se alastrou rapidamente e, em pouquíssimo tempo, o local inteiro ardia em chamas. Todos os acessos ao meu quarto, exceto pela janela, estavam bloqueados. A multidão, porém, logo providenciou e estendeu uma escada, que usei. Estava descendo depressa, em aparente segurança, quando um imenso porco — cuja avantajada pança, os trejeitos e a fisionomia

---

7 Livro de Robert Montgomery, publicado em 1828.

guardavam certa semelhança com o Anjo do Bizarro — quando, dizia eu, um imenso porco, que até então estava dormitando sossegado na lama, enfiou na cabeça que seu ombro direito estava coçando e cismou que o melhor lugar para amortecer a comichão era justamente a base da escada. Despenquei na hora e, ainda por cima, tive a infelicidade de fraturar o braço.

Esse incidente, somado à perda da minha apólice e — o mais grave — à perda do meu cabelo (que foi lambido pelo fogo), deixou-me muito impressionado, de modo que decidi arrumar uma esposa. Encontrei uma viúva rica que andava desconsolada com a perda de seu sétimo marido e, à sua alma ferida, ofereci o bálsamo de meus votos, que ela, com relutância, aceitou. Ajoelhei-me aos seus pés, em grata adoração. Muito corada, ela meneou a cabeça, tocando com suas exuberantes madeixas a minha temporária peruca. Não sei como se deu o acidente, mas ficamos emaranhados. Levantei-me, descomposto, com a lustrosa careca à mostra, enquanto ela, com ares de desprezo e indignação, tentava se desvencilhar da minha cabeleira postiça. O acidente, que representou a pá de cal nas minhas pretensões com a viúva, foi realmente imprevisível, mas provocado por uma cadeia natural de acontecimentos bizarros.

Sem me entregar ao desespero, montei cerco em um coração menos implacável. Mais uma vez, as circunstâncias pareceram auspiciosas por um curto período, e mais uma vez, no fim, acabei sofrendo um incidente trivial. Ao avistar minha noiva em uma rua apinhada com a nata da cidade, avançava para cumprimentá-la com minha mais esmerada reverência, porém um cisco entrou no canto de meu olho, deixando-me temporariamente cego. Quando tornei a enxergar, minha amada havia desaparecido — irreparavelmente ofendida com a ausência do meu cumprimento, que decidiu tomar como deliberada afronta de minha parte. Enquanto quedava, aturdido, com o caráter repentino do acidente (que, não obstante, poderia acontecer com qualquer um), com a visão ainda desfavorecida, fui abordado pelo Anjo do Bizarro, que me ofereceu ajuda com inesperada polidez. Examinou meu olho lesado com gentileza e destreza, informou que havia uma gota nele (sabe-se lá o que quis dizer com "gota") e a removeu, trazendo-me alívio.

Cheguei à conclusão que o melhor destino era mesmo a morte (uma vez que o azar estava determinado a me perseguir) e, sendo assim, rumei em direção ao rio mais próximo. Lá chegando, despi minhas roupas (não vejo motivos para não morrermos como viemos ao mundo) e mergulhei de cabeça. A única testemunha do meu destino era um corvo solitário que, se deixando seduzir por um milho regado a conhaque, ficara para trás de seu bando. Mal havia eu entrado na água quando a ave resolveu fugir levando no bico a peça mais indispensável do meu traje. Adiando por um momento minha resolução suicida, meti as pernas nas mangas do casaco e parti no encalço da larápia ave com a agilidade que a situação exigia — e que a circunstância permitia. Mas o destino maligno não me abandonara. Enquanto corria como um alucinado, olhando para o céu para não perder o rastro do corvo ladrão, percebi que meus pés já não estavam mais em terra firme: na verdade, me lançara sem querer em um precipício e estava prestes a me espatifar lá embaixo, não fosse a sorte de agarrar a tempo a comprida corda de um balão que passava justamente naquele momento.

Assim que percebi a terrível situação em que me encontrava, ou melhor dizendo, em que me pendurava, reuni toda a potência dos meus pulmões para me fazer ouvir pelo aeróstata lá em cima. No entanto, durante um bom tempo, meus esforços foram em vão. Ou o aeróstata era parvo e não me via, ou era perverso e fingia não me ver. Enquanto isso, o balão subia cada vez mais depressa, à medida que eu ia perdendo as forças. Já começava a me resignar com meu destino, quase desprendendo-me e despencando mar adentro, quando uma voz abafada vinda lá do alto reacendeu minhas esperanças: o aeróstata parecia estar cantarolando a ária de uma ópera. Ao olhar para cima, avistei o Anjo do Bizarro, inclinado e de braços cruzados na beira do cesto, fumando distraidamente um cachimbo, parecendo muito alegre e bem-disposto. Exausto demais para falar, apenas o fitei com ares de súplica. Por uma infinidade de minutos, ele se limitou a me encarar, sem dizer uma só palavra. Por fim, passando o cachimbo do canto esquerdo da boca para o direito, dignou-se a indagar:

"Quem é você?", perguntou ele. "Que diabos você quer?"

Diante de semelhante desaforo, crueldade e insolência, pude apenas balbuciar uma única palavra: "Ajuda!".

"Ajuda?", repetiu o maldito. "Ah, não. Eu é que não vou ajudar. Aí está a garrafa. Sirva-se e vá para o inferno!"

Assim dizendo, deixou cair uma pesada garrafa de Kirschenwasser bem no meu cocuruto, e senti como se meu crânio estivesse rachado. Sugestionado com aquela ideia, eu me preparei para soltar a corda e entregar-me de bom grado à minha sorte até ser interrompido por um grito do Anjo instando-me a esperar.

"Espere!", gritou ele. "Não tenha tanta pressa. Quer levar outra garrafada ou já ficou sóbrio e recobrou o juízo?"

Meneei duas vezes a cabeça: primeiro em um gesto negativo, para dizer que preferia não levar outra garrafada, e depois em um afirmativo, para insinuar que *estava* sóbrio e *tinha* recuperado plenamente o juízo. Essas respostas de algum modo acalmaram o Anjo.

"Quer dizer que finalmente acredita, então?", indagou ele. "Acredita na possibilidade do bizarro?"

Assenti mais uma vez com a cabeça.

"E acredita em mim, no Anjo do Bizarro?"

Assenti novamente.

"E reconhece que você não passa de um bêbado e um tolo?"

Tornei a concordar.

"Coloque então a mão direita no bolso esquerdo da sua calça, em sinal de obediência ao Anjo do Bizarro."

Por motivos óbvios, isso era algo impossível para mim. Para começar, eu havia quebrado meu braço esquerdo ao cair da escada, de modo que, se soltasse a corda com a mão direita, não teria como me segurar mais. Além disso, não estava usando calça desde o episódio do corvo. Infelizmente, não me restou alternativa senão balançar a cabeça em um gesto negativo — dando assim a entender ao Anjo que julgava um tantinho inconveniente, naquele momento, obedecer à sua tão razoável exigência. No entanto, mal pude completar meu gesto:

"Então que vá para o diabo!", esbravejou o Anjo do Bizarro.

Com essa frase, passou uma afiada faca na corda em que me segurava e, como o balão estava por uma incrível coincidência sobrevoando exatamente minha casa (que, durante minhas aventuras, passara por uma impecável reconstrução), acabei caindo de cabeça dentro da chaminé e aterrissando na lareira da sala de jantar. Ao recobrar os sentidos (pois a queda me deixara bastante aturdido), descobri que eram quatro horas da manhã. Estava caído no chão, com a cabeça sobre as cinzas de um incêndio debelado, enquanto meus pés repousavam sobre a bagunça de uma mesa tombada, entre sobremesas diversas, misturadas a um jornal, taças quebradas, garrafas estilhaçadas e uma caneca vazia de Schiedam Kirschenwasser. Eis a vingança do Anjo do Bizarro.

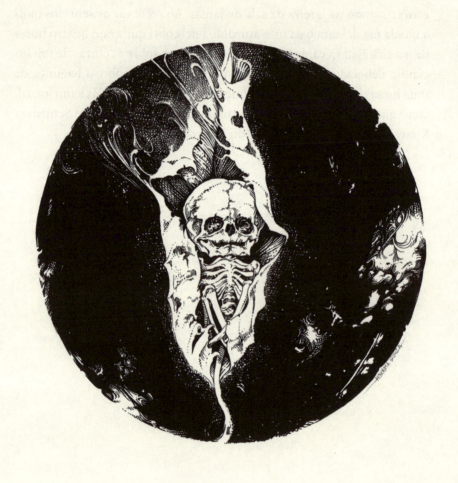

◆ CRIAS DO GROTESCO ◆

O DEMÔNIO
da
PERVERSIDADE

EDGAR ALLAN POE
1845

Ao examinar as faculdades e os impulsos — a *prima mobilia* da alma humana —, os frenologistas[1] esqueceram-se de contemplar uma propensão que, embora existente enquanto sentimento radical, primitivo e irredutível, foi igualmente ignorada pelos moralistas que os precederam. Na pura arrogância da razão, também nós a ignoramos. Suportamos sua existência para escapar de nossos sentidos, estritamente pela falta de uma crença, pela falta de uma fé — seja no apocalipse, seja na Cabala. Sua ideia nunca nos ocorreu, em virtude de sua supererrogação. Não víamos necessidade desse impulso, dessa propensão. Não conseguíamos perceber sua necessidade. Se a noção desse *primum mobile* tivesse nos ocorrido, não entenderíamos, isto é, não teríamos

---

1   A frenologia é uma teoria do século XVIII, criada pelo médico alemão Franz Joseph Gall. Para ele, era possível determinar o grau de criminalidade, o caráter e a personalidade de um indivíduo examinando o formato de seu crânio. A frenologia alcançou bastante popularidade no século XIX, sendo questionada — e desacreditada — posteriormente. Hoje em dia, é sabidamente uma pseudociência.

conseguido entender sua relevância, temporal ou eterna, para o avanço da humanidade. Não se pode negar que a frenologia e, de modo geral, todas as ciências metafísicas, tenham sido inventadas *a priori*. Ao contrário do homem compreensivo e observador, o homem intelectual ou lógico arvora-se a imaginar desígnios, a ditar propósitos de Deus. Julgando ter descoberto as intenções de Jeová, a partir delas constrói seus inúmeros sistemas de pensamento. No caso da frenologia, por exemplo, determinamos em primeiro lugar que a vontade divina era que o ser humano comesse. Atribuímos então ao homem um órgão para alimentação, e tal órgão é o flagelo com que a Divindade nos obriga, querendo ou não, a nos alimentar. Em segundo lugar, tendo estabelecido que era a vontade de Deus que o homem desse continuidade à sua espécie, logo descobrimos um órgão de amatividade. E o mesmo se deu com a combatividade, o idealismo, a causalidade, a construtividade — em suma, com todos os órgãos, quer representem uma propensão, um sentimento moral, uma faculdade do intelecto puro. E em tais disposições dos princípios da ação humana, os partidários de Spurzheim[2] — quer estivessem certos ou equivocados, em parte ou no todo — seguiram os passos de seus antecessores: estabelecendo deduções e fundamentos a partir do destino preconcebido do homem, alicerçados nos propósitos do Criador.

Teria sido mais sábio — e mais seguro — elaborar classificações (se são compulsórias) fundamentadas no que o homem faz, ou costumava fazer, em caráter frequente ou ocasional, e não no que supunha que a Divindade gostaria que fizesse. Se não conseguimos compreender Deus em suas obras visíveis, que dirá elucidar os pensamentos inimagináveis que inspiraram tais obras. Se não podemos compreendê-Lo em suas criaturas objetivas, como alcançar seus humores substanciais e suas fases de criação?

A posteriori, a indução teria levado a frenologia a admitir, enquanto princípio inato e primitivo da ação humana, algo paradoxal, que na falta de termo mais característico podemos chamar de perversidade.

---

2 Seguidores das ideias do médico Johann Gaspar Spurzheim, discípulo de Gall, responsável pela popularização da frenologia.

No sentido a que me refiro, é de fato um ímpeto sem motivo, um motivo sem motivação. Assim induzidos, agimos sem um objetivo compreensível; ou, se isso parecer contraditório, podemos modificar a proposição e dizer que, assim induzidos, agimos pela razão equivocada. Em tese, nenhuma razão poderia ser mais desarrazoada, mas, na prática, nenhuma é mais contundente. Em algumas disposições mentais, sob determinadas condições, torna-se absolutamente irresistível. Tenho tanta certeza disto quanto do ar que respiro: a garantia de erro ou equívoco de qualquer ação é, com frequência, justamente a força avassaladora que nos impele ao ato, a força que nos induz à sua execução. Essa extraordinária tendência de cometer o erro pelo prazer do erro não admite análise nem especulação sobre seus aspectos ulteriores. Trata-se de um impulso radical, primitivo, elementar. Sei que dirão que, quando insistimos em fazer algo precisamente porque sentimos que não deveríamos fazê-lo, nossa conduta não passa de uma modificação daquela originada pela combatividade da frenologia. Mas até mesmo um exame superficial pode demonstrar a falácia de tal ideia. A combatividade frenológica tem, em sua essência, a necessidade da autodefesa. É nossa proteção contra o ataque. Seu princípio diz respeito ao nosso bem-estar. Assim, o desejo de estar bem é estimulado junto de seu desenvolvimento. Tal desejo deve ser incitado com qualquer princípio que constitua apenas uma modificação da combatividade. Porém, no caso do que chamo de perversidade, o desejo do bem-estar não só está ausente, como opera de forma antagônica.

 A melhor resposta para o sofisma identificado é um apelo ao nosso próprio coração. Qualquer um que tenha o costume de consultar e questionar sua própria alma não vai negar a radicalidade da propensão a que me refiro aqui. Ela é tão singular quanto incompreensível. Não há um ser humano que, em algum momento da vida, não tenha sido atormentado, por exemplo, por um desejo genuíno de exasperar seu interlocutor com circunlóquios. O então prolixo sabe que está desagradando. Tem toda a intenção de agradar e costuma ser sucinto, preciso e claro: a linguagem mais lacônica e compreensível paira na ponta de sua língua, e é com dificuldade que a retém. Ele teme e repudia a ira daquele a quem se dirige mas, não obstante, é tomado pela ideia de que, por meio de certos volteios e digressões, pode provocar tal ira. Basta este simples pensamento: o impulso transforma-se em uma vontade, a vontade em um desejo, o desejo em uma ânsia incontrolável, até que a ânsia (para o profundo pesar e a mortificação do orador, desafiando todas as consequências) é satisfeita.

Temos diante de nós uma tarefa que deve ser prontamente executada. Sabemos que qualquer protelação será desastrosa. A crise mais importante de nossas vidas clama, retumbante, pelo imediatismo de uma ação vigorosa. Febris, somos consumidos pelo afã de começarmos o trabalho, nossa alma arde antecipando seus gloriosos resultados. É imperativo que o afazer seja realizado hoje e, no entanto, o adiamos para amanhã. Por quê? A perversidade é a única resposta, embora empreguemos a palavra sem compreender seu princípio. Chega o dia seguinte, acompanhado de uma ansiedade ainda mais inquieta em realizarmos nosso dever, mas com o aumento da ansiedade brota um desejo indistinto e aterrador, por ser incompreensível, de procrastinação. Esse desejo se torna mais forte com o passar dos minutos, até que é chegada a última hora. Estremecemos com a violência de nosso dilema interno, entre o definido e o indefinido, a substância e a sombra. Porém, se a contenda se prolongou a esse ponto, é a sombra que prevalece: nos debatemos em vão. O relógio soa, anunciando a morte da nossa tranquilidade. Ao mesmo tempo, é o canto do galo para o fantasma que nos assombrou. Ele voa, desaparece — estamos livres. A velha energia retorna. Agora podemos pôr mãos à obra. Infelizmente, tarde demais!

Pairamos à beira de um precipício. Sondamos o abismo, tomados por uma vertigem. Nosso primeiro impulso é o recuo perante o perigo. Inexplicavelmente, permanecemos no mesmo lugar. Aos poucos, nossa náusea, nossa vertigem e nosso horror se condensam em uma nuvem de sentimentos inomináveis. Gradualmente, de modo ainda mais imperceptível, essa nuvem toma forma, como a fumaça que escapa da lâmpada de onde surge o gênio em *As mil e uma noites*. Mas, dessa nossa nuvem na beira do precipício, materializa-se, palpável, algo mais terrível do que qualquer gênio ou demônio — trata-se apenas de um pensamento, mas tão aterrador que gela a medula de nossos ossos com o deleite feroz de seu horror: a ideia do que sentiríamos se nos precipitássemos em uma queda de tal altura. E essa queda — esse impulsivo aniquilamento —, por conjurar a imagem mais terrível e abominável das imagens terríveis e abomináveis da morte e do sofrimento, torna-se intensamente desejada. Quanto mais nossa razão nos impede à força de nos aproximarmos do abismo, mais temos o ímpeto de contemplá-lo de perto. Não há na natureza ardor de mais demoníaca impaciência do que o de quem, estremecendo diante de um precipício, considera o mergulho. Permitir-se especular a respeito, por um instante que seja, é perder-se inevitavelmente: a reflexão nos impele a suportar, mas não somos capazes de resistir. Se não temos uma mão amiga para nos impedir ou se fracassamos em um esforço derradeiro para nos afastar do abismo, nele mergulhamos e somos destruídos.

Pouco importa como possamos examinar tais ações e outras semelhantes, algo elas têm em comum: resultam exclusivamente do espírito da perversidade. São atos que cometemos por sentir que não deveríamos cometê-los. Para além disso, não há nenhum princípio inteligível: e podemos, de fato, considerar essa perversidade uma incitação direta do Diabo, se não operasse, ocasionalmente, a serviço do bem.

Se me alonguei dessa maneira no assunto, foi para responder melhor à pergunta de quem lê estas páginas e poder explicar por que estou aqui. Para fornecer algum motivo, mesmo tênue, que justificasse por que me encontro preso em grilhões, habitando esta cela de condenados. Se não tivesse sido assim prolixo, aquele que me lê poderia me compreender mal ou, como a multidão, julgar-me louco. Ao fornecer minha explicação, é fácil perceber que sou apenas uma das incontáveis vítimas do Demônio da Perversidade.

Nenhum ato jamais foi tramado com deliberação mais precisa. Durante semanas, durante meses, ponderei sobre os meios do assassinato. Rejeitei milhares de esquemas cujas execuções ofereciam alguma chance de eu ser descoberto. Por fim, lendo memórias francesas, deparei-me com o relato da doença quase fatal que acometeu madame Pilau, em razão de uma vela acidentalmente envenenada. A ideia me atingiu de imediato. Sabia que minha vítima tinha o hábito de ler na cama. Sabia também que seu apartamento era estreito e mal ventilado. Mas não vou atormentar quem lê com detalhes impertinentes. Não preciso descrever os fáceis artifícios que usei para substituir a vela que encontrei no castiçal do quarto da vítima por uma confeccionada por mim. Na manhã seguinte, havia um morto na cama e o veredicto do legista foi: "Morte natural".

Tendo herdado sua fortuna, tudo correu bem para mim por anos a fio. A ideia de ser descoberto nunca passou pela minha cabeça. Livrei-me com cuidado dos vestígios da vela fatídica, sem ao menos deixar a sombra de uma pista que poderia me incriminar ou levantar suspeita de minha autoria do crime. Quando refletia sobre minha segurança absoluta, era tomado por um inconcebível e profundo sentimento de satisfação. Durante muito tempo, esse sentimento encheu-me de alegria, proporcionando um contentamento mais genuíno do que as vantagens materiais oriundas de minha transgressão. No entanto, adveio por fim uma época em que a sensação agradável transformou-se gradual e quase imperceptivelmente em um pensamento obsessivo, perturbador. Tal pensamento perturbava-me exatamente por ser obsessivo, e mal conseguia me livrar dele por um único instante. Não raro soa em nossos ouvidos, ou, melhor dizendo, em nossa memória, o trecho de uma reles canção ou o inexpressivo fragmento de uma ópera — embora uma boa canção ou uma excelente ária também possa nos atormentar. Do mesmo modo, percebi que estava sempre refletindo sobre minha segurança e repetindo em voz baixa a frase: "Estou salvo".

Um dia, passeando na rua, flagrei-me murmurando, mas em tom quase audível, a costumeira frase. Em um acesso de petulância, acresci: "Estou salvo, estou salvo, sim... desde que não seja tolo o bastante para confessar meu crime!".

Assim que pronunciei tais palavras, senti um calafrio correr por minha espinha. Já experimentara outras vezes aqueles ataques de perversidade (cuja natureza esforcei-me aqui para explicar) e sabia bem que jamais conseguira resistir às suas investidas. Minha sugestão casual de que poderia ser tolo o bastante para confessar meu crime confrontou-me com o fantasma de minha vítima, arrastando-me também para a morte.

No início, tentei libertar minha alma daquele pesadelo. Pus-me a caminhar com vigor, mais depressa, mais depressa ainda, até começar a correr. Sentia um desejo enlouquecedor de gritar. Cada nova onda de pensamento inundava-me com um novo terror, pois, infelizmente, eu sabia muito bem que o simples fato de pensar a respeito já era o anúncio de minha perdição. Continuei a acelerar. Avançava como um louco pelas ruas apinhadas. Por fim, a multidão captou o perigo e começou a me perseguir. Senti então que meu destino estava consumado. Se pudesse, teria arrancado minha língua, mas ressoava em meus ouvidos uma voz bruta, e uma mão ainda mais bruta agarrou-me pelo ombro. Virei-me, ofegante. Por um momento, experimentei todas as angústias de uma asfixia: fiquei cego, surdo, zonzo. Senti então como se um demônio invisível me golpeasse de palma aberta nas costas. O segredo havia muito guardado explodiu em minha alma.

Disseram que me exprimi de maneira clara, com deliberada ênfase e passional impetuosidade, como se temesse ser interrompido antes de concluir o breve porém convincente discurso que me entregou ao carrasco — e ao inferno.

Após encerrar o relato que garantia minha plena condenação judicial, tombei no chão, desmaiado.

Não há mais nada a dizer. Encontro-me hoje *aqui*, acorrentado! Amanhã estarei livre dos grilhões... *mas onde?*

◆ CRIAS DO GROTESCO ◆

BREVE COLÓQUIO
com
UMA MÚMIA

EDGAR ALLAN POE
1845

O simpósio de ontem à noite foi um pouco demais para os meus nervos. Fiquei com uma enxaqueca miserável, morto de sono. Em vez de sair, como havia me programado, ocorreu-me que seria mais prudente comer algo em casa e ir direto para a cama.

Uma refeição frugal, é claro. Gosto imensamente de torrada com manteiga e queijo derretido. Mais de vinte fatias de uma vez só, no entanto, pode não ser algo aconselhável. Ainda assim, de vinte para quarenta é apenas um pulo. E, cá entre nós, de quarenta para sessenta há apenas duas dezenas de diferença. Arrisquei-me, talvez, até oitenta. Minha esposa disse que foram cem, mas estou certo de que ela se confundiu. Admito, no entanto, que carreguei um pouco demais na cerveja e acho que o exagero a que ela se refere tem a ver com as garrafas de *brown stout*, sem as quais, à guisa de tempero, o lanche em questão não tem o mesmo sabor.

Tendo concluído esse leve repasto, coloquei meu barrete e, com a serena esperança de só acordar na tarde do dia seguinte, deitei a cabeça no travesseiro e, sem nenhum peso na consciência, logo caí em sono profundo.

Mas quando que se realizam as esperanças da humanidade? Não dera ainda o terceiro ronco quando fui acordado pela campainha da casa, que soou estridente, acompanhada por golpes impacientes na aldrava. Ainda esfregava os olhos quando minha esposa empurrou na minha cara um bilhete do meu velho amigo, o dr. Ponnonner. Estava escrito:

> Meu bom amigo, venha me ver assim que receber este bilhete. Venha comemorar conosco. Finalmente, graças a uma perseverante diplomacia, consegui autorização dos diretores do City Museum para examinar a múmia — você sabe a que me refiro. Recebi permissão para desenfaixá-la e abri-la, se assim quiser. Apenas poucos amigos estarão presentes e conto com você entre eles, é claro. A múmia encontra-se em minha casa e vamos começar a examiná-la às onze horas, hoje à noite.
>
> Sempre seu,
> Ponnonner

Quando cheguei ao fim do bilhete, percebi que estava acordadíssimo. Pulei da cama, eufórico, derrubando tudo pelo caminho; vesti-me com rapidez extraordinária e parti, às pressas, para a casa do doutor.

Lá, encontrei um ansioso grupo reunido, impacientemente à minha espera. A múmia estava estirada sobre a mesa de jantar e, assim que cheguei, o exame começou.

Era uma das duas múmias trazidas havia muitos anos por um primo de Ponnonner, o capitão Arthur Sabretash. Foram descobertas em uma tumba próxima de Eleithias, nas montanhas da Líbia, a uma distância considerável de Tebas, no rio Nilo. As grutas nesse local, embora menos grandiosas que os sepulcros tebanos, são mais interessantes por trazerem inúmeras ilustrações da vida dos egípcios. Fomos informados de que a câmara de onde nosso espécime fora retirado era rica em tais ilustrações; suas paredes eram plenamente cobertas por afrescos e baixos-relevos, e estátuas, vasos e intricados mosaicos indicavam a vasta riqueza do morto.

O tesouro havia sido depositado no museu exatamente como encontrado pelo capitão Sabretash, ou seja, com o sarcófago intocado. Assim continuara por oito anos, sujeito apenas à curiosidade externa do público. Tínhamos agora, diante de nós e à nossa disposição, a múmia completa — e para aqueles que sabem o quão raramente antiguidades intactas chegam até nossas paragens, fica evidente que havia motivos de sobra para comemorar nossa sorte.

Ao me aproximar da mesa, vi uma ampla caixa, ou estojo, medindo quase dois metros de comprimento, noventa centímetros de largura e uns setenta de profundidade. Não tinha o formato de um caixão — era oblonga. Supôs-se de início que fosse de madeira do sicômoro (*platanus*), mas, ao cortá-la, descobrimos que era feita de papelão: na verdade, um papel machê elaborado com papiros. Era abundantemente decorada com pinturas, que representavam funerais e outros motivos fúnebres. Intercaladas em diversas posições, havia uma série de hieróglifos que, decerto, compunham o nome do falecido. Por sorte, nosso grupo contava com a presença do sr. Gliddon, que não teve dificuldade em traduzir as letras, meramente fonéticas, que representavam a palavra "Tudenganon".

Com certa dificuldade, abrimos a caixa sem danificá-la. Ainda assim, uma vez concluído o trabalho, encontramos outra, em formato de caixão e consideravelmente menor do que a externa, mas confeccionada de maneira idêntica em todos os aspectos. O espaço entre as duas estava preenchido com resina, o que esmorecera as cores da caixa interna.

Ao abrirmos a caixa menor (o que fizemos com facilidade), encontramos uma terceira, também em formato de caixão, absolutamente igual à segunda, à exceção de seu material: era feita de cedro e ainda exalava a peculiar e pronunciada fragrância dessa madeira. Não havia intervalo entre a segunda e a terceira caixas, que se encaixavam perfeitamente.

Assim que abrimos a última caixa, descobrimos e removemos o corpo em si. Esperávamos encontrá-lo, como de costume, enrolado em faixas ou bandagens de linho. No entanto, estava embrulhado em um revestimento fino, feito de papiro coberto por uma camada de gesso dourado, repleto de pinturas variadas, que ilustravam os supostos deveres da alma e sua apresentação para divindades diversas, com um número equivalente de figuras humanas que, provavelmente, representavam as pessoas embalsamadas. Estendendo-se da cabeça aos pés, havia uma inscrição perpendicular, em hieróglifos fonéticos, informando mais uma vez o nome do morto e seus títulos, assim como os nomes e os títulos de seus parentes.

Em volta do pescoço assim revestido, havia um colar de contas cilíndricas de vidro, de cores distintas, que formavam imagens de divindades, escaravelhos etc., com o disco alado. Em volta da cintura, havia um colar, ou cinto, semelhante.

Retirando o papiro, encontramos a carne em excelente estado de preservação, sem odor perceptível. A cor era avermelhada. A pele, rija, lisa e lustrosa. Os dentes e o cabelo também estavam em boa condição. Os olhos, ao que parecia, haviam sido removidos e substituídos por réplicas de vidro, belíssimas e incrivelmente vivazes, embora cristalizadas em um olhar fixo. Os dedos e as unhas eram dourados, reluzentes.

Considerando a vermelhidão da epiderme, o sr. Gliddon declarou que o embalsamento fora feito com betume. Contudo, ao rasparmos a superfície com um instrumento de aço e atirarmos ao fogo o pó que dela se desprendeu, revelou-se um odor de cânfora e outras gomas aromáticas.

Examinamos o cadáver com minúcia, em busca das habituais aberturas feitas para a extração das entranhas, mas, para nossa surpresa, não descobrimos nenhuma. Na época, nenhum membro do nosso grupo sabia que múmias inteiras e intactas não são assim tão raras. Era costume remover o cérebro pelo nariz, e os intestinos, por uma incisão lateral; o corpo era depilado, lavado e salgado, depois aguardava por várias semanas, quando começava a operação de embalsamento propriamente dita.

Como nenhuma abertura foi encontrada, o dr. Ponnonner já preparava seus instrumentos para dissecação quando observei que já passava das duas da manhã. Concordamos então em adiar o exame interno até a noite seguinte e estávamos prestes a nos despedir quando alguém sugeriu um experimento com pilhas de Volta.

A aplicação de eletricidade em uma múmia de no mínimo três ou quatro mil anos era uma ideia, se não muito sensata, bastante original, e despertou nosso imediato interesse. Com um décimo de seriedade e nove de brincadeira, arrumamos o equipamento no gabinete do doutor e levamos para lá a múmia.

Com muita dificuldade, conseguimos desnudar algumas áreas do músculo temporal que pareciam menos rígidas, mas que, como imagináramos, é claro, não deram sinais de susceptibilidade galvânica em contato com o fio condutor.

Essa primeira tentativa parecia decisiva e, rindo de nossa ideia absurda, estávamos nos despedindo outra vez quando meus olhos pousaram e se fixaram, atônitos, nos da múmia. Um mero relance bastou para me assegurar de que as órbitas que supúnhamos ser de vidro — e que rendiam à múmia um sinistro olhar pétreo — estavam cobertas pelas pálpebras, com apenas uma nesga da túnica albugínea visível.

Chamei atenção do grupo com um grito, e todos logo constataram que eu tinha razão.

Não posso dizer que fiquei "alarmado" com o fenômeno, pois "alarmado" nesse caso não é exatamente a melhor palavra. No entanto, não fosse pela *brown stout* que eu tomara, talvez tivesse ficado um pouco nervoso. De resto, nenhum dos meus companheiros fez questão de disfarçar o pavor que se apossou do grupo. O dr. Ponnonner ficou em um estado de dar pena. O sr. Gliddon, por um processo bastante peculiar, ficou invisível. E duvido que o sr. Silk Buckingham tenha a audácia de negar que engatinhou para baixo da mesa.

Passado, contudo, o primeiro baque, decidimos prosseguir com o experimento. Concentramos nossos esforços no dedão do pé direito. Fizemos uma incisão por cima da parte externa do osso *sesamoideum pollicis pedis* e alcançamos a raiz do músculo abdutor. Reajustando o equipamento, estávamos aplicando o fluido aos nervos seccionados quando, com um movimento assustadoramente real, a múmia contraiu o joelho até o abdome e depois, esticando a perna com inconcebível força, deu um pontapé no dr. Ponnonner, que foi catapultado como uma seta pela janela, caindo na rua lá embaixo.

Saímos correndo para buscar os restos estropiados do pobre doutor, mas tivemos a sorte de encontrá-lo subindo as escadas em desabalada pressa, tomado por filosófico afã e mais do que nunca convencido a dar continuidade ao nosso experimento, com renovada energia e entusiasmo.

Foi seguindo seu conselho que fizemos uma incisão profunda na ponta do nariz da múmia, enquanto o doutor, manipulando-a com violência, a colocou em vigoroso contato com o fio.

O efeito foi moral e fisicamente — metafórica e literalmente — eletrizante. Em primeiro lugar, o cadáver abriu os olhos, piscando depressa por vários minutos; em segundo, espirrou; em terceiro, sentou-se; em quarto, deu um murro no rosto do dr. Ponnonner; e, em quinto, virando-se para os senhores Gliddon e Buckingham, dirigiu-se a eles em impecável egípcio:

"Devo dizer, cavalheiros, que estou surpreso e mortificado com o comportamento dos senhores. Não esperava muito do dr. Ponnonner, que não passa de um pobre diabo gordo e estúpido. Tenho pena desse homem e o perdoo. Mas o senhor, sr. Gliddon, e o senhor, sr. Silk! Que viajaram para o Egito e lá moraram tempo o bastante a ponto de se passar por nativos! Que falam nosso idioma tão bem quanto escrevem em suas próprias línguas, a quem sempre julguei autênticos amigos das múmias... Francamente, esperava um comportamento mais cortês da parte dos senhores. Ficam os dois aí, parados, enquanto recebo esse tratamento degradante! Como podem permitir que estranhos me removam de um caixão e tirem minhas roupas, neste maldito frio? O que devo pensar dos senhores, enquanto auxiliam o perverso dr. Ponnonner a puxar meu nariz?"

Ora, ouvir o discurso da múmia em tais circunstâncias seria o bastante para provocar uma corrida desenfreada para a porta, uma crise histérica ou um desmaio coletivo. Suponho que pelo menos uma dessas três reações seria esperada, com razão. Sendo assim, juro que não sei explicar como ou por que não fizemos nada disso. Talvez, o real motivo tenha a ver com o espírito da época, norteado pela regra dos contrários, aceitando o paradoxo e a impossibilidade como solução para tudo. Ou quem sabe, no fim das contas, a própria naturalidade e o ar casual da múmia tenham neutralizado o terror provocado por suas palavras. De todo modo, para me ater aos fatos, afirmo que nenhum membro do nosso grupo deu sinais de qualquer perturbação, tampouco julgou estar diante de algo extraordinário.

De minha parte, eu estava tranquilo, e apenas dei um passo ao lado, saindo do alcance de um murro da múmia. O dr. Ponnonner enfiou as mãos nos bolsos, encarando o egípcio com um violento rubor no rosto. O sr. Gliddon cofiou os bigodes e ergueu o colarinho da camisa. O sr. Buckingham abaixou a cabeça e pôs o polegar direito no canto esquerdo da boca.

O egípcio o fitou com uma expressão muito séria por alguns minutos, antes de proferir, com ares de desdém:

"Por que não diz nada, sr. Buckingham? Por acaso ouviu minha pergunta? Tire esse dedo da boca!"

O sr. Buckingham, em um sobressalto, tirou o polegar direito do canto esquerdo da boca e, à guisa de compensação, inseriu o polegar esquerdo no canto direito.

Sem ter recebido uma resposta do sr. B., a múmia virou-se, irritada, para o sr. Gliddon e, em um tom peremptório, exigiu que ele explicasse o que afinal nós queríamos.

O sr. Gliddon respondeu em fonética e, não fosse a deficiência das tipografias norte-americanas na reprodução de hieróglifos, eu teria muito prazer em registrar nestas páginas a totalidade de sua longa e impecável justificativa.

Aproveito a ocasião para observar que toda a conversa subsequente com a múmia se deu em egípcio primitivo e, como eu e os demais membros não viajados do grupo não falávamos o idioma, os senhores Gliddon e Buckingham serviram de intérpretes. Ambos se comunicavam na língua materna da múmia com inigualável fluência e desenvoltura. No entanto, não pude deixar de notar que (sem dúvida por conta da introdução de imagens modernas que, é claro, eram completamente novas para o estrangeiro) os dois viram-se por vezes reduzidos ao emprego de formas sensíveis para transmitir determinado significado. O sr. Gliddon, por exemplo, teve dificuldade de explicar ao egípcio o termo "política" e precisou desenhar na parede, com um pedaço de carvão, a figura de um homenzinho com carbúnculos no nariz, mal-ajambrado, em cima de um toco, com a perna esquerda para trás, o braço direito para a frente, a mão fechada, os olhos revirados ao céu e a boca aberta em um ângulo de noventa graus. Do mesmo modo, o sr. Buckingham penou para transmitir o conceito moderno de "peruca", até que (por sugestão do dr. Ponnonner) empalideceu e consentiu que removessem a que estava na sua cabeça.

A justificativa do sr. Gliddon versou principalmente sobre os benefícios que o desenrolamento e a extração dos órgãos internos das múmias rendiam à ciência. Desculpou-se por qualquer inconveniente que o processo pudesse ter causado à Tudenganon e concluiu com uma leve insinuação (não mais do que isso) que, uma vez esclarecidos tais detalhes, gostaria de dar continuidade ao exame. Ao ouvir isso, o dr. Ponnonner preparou seus instrumentos.

Em relação às últimas sugestões do orador, Tudenganon fez algumas objeções que não me ficaram muito claras, mas pareceu satisfeito com as desculpas oferecidas e, levantando-se da mesa, cumprimentou todos com um aperto de mão.

Quando essa formalidade chegou ao fim, nos apressamos para reparar os danos que o escalpelamento causara ao nosso convidado. Suturamos o corte em sua têmpora, enfaixamos seu pé e colocamos um curativo na ponta de seu nariz.

Reparamos então que o conde (pois, ao que parece, era esse o título de Tudenganon) apresentava um leve tremor — na certa, causado pelo frio. Sem perder tempo, o doutor remendou seus trajes e em seguida retornou com um casaco preto, uma calça azul-clara com suspensórios, uma camisa rosa de guingão, um colete de brocado, uma casaca branca, uma bengala, um chapéu sem aba, botinas de couro, luvas de pelica marrom, um monóculo, um par de suíças e uma gravata. Devido à diferença de tamanho entre o conde e o doutor (um era o dobro do outro), encontramos certa dificuldade para ajustar as roupas no egípcio, mas, uma vez superada a questão, pode-se dizer que a múmia ficou bem alinhada. O sr. Gliddon, oferecendo-lhe o braço, a conduziu até uma poltrona confortável diante da lareira, enquanto o doutor chamava o criado para providenciar charutos e vinho.

A conversa não tardou a ficar bastante animada. Havia muita curiosidade em relação ao admirável fato de Tudenganon ainda estar vivo.

"Era de se esperar que o senhor já estivesse morto há muito tempo", observou o sr. Buckingham.

"Ora, tenho apenas setecentos anos!", respondeu o conde, perplexo. "Papai viveu mil e nem estava caduco quando morreu."

A fala do egípcio desencadeou uma série de indagações e cálculos. Por fim, ficou evidente que a antiguidade da múmia fora mal estimada: ela fora alojada nas catacumbas de Eleithias havia cinco mil e cinquenta anos, mais alguns meses.

"Mas meu comentário não se referia à sua idade na ocasião do sepultamento", prosseguiu o sr. Buckingham. "Vejo que, de fato, o senhor é bastante jovem ainda. Estava me referindo ao tempo que, pelo que nos relatou, ficou encoberto em betume."

"Em quê?", perguntou o conde.

"Em betume", repetiu o sr. B.

"Ah, sim, tenho uma vaga noção do que o senhor quer dizer. Realmente é um mistério. Mas, na minha época, usávamos apenas bicloreto de mercúrio."

"O que estamos tendo dificuldade de compreender", disse o dr. Ponnonner, "é como pode o senhor, após morto e enterrado no Egito há cinco mil anos, estar aqui hoje, vivo, ostentando tão formidável aparência."

"Se estivesse morto, como os senhores dizem, é bem provável que assim permanecesse. Vejo que ainda estão nos primórdios do galvanismo e não conseguem compreender o que para nós eram atos corriqueiros. Acontece que fui vítima de um ataque de catalepsia e meus melhores amigos me deram como morto. Por isso me embalsamaram imediatamente. Os senhores por acaso estão familiarizados com o princípio fulcral do processo de embalsamamento, não estão?"

"Mais ou menos."

"Ah, percebo! Ignorância deplorável! Bem, não posso entrar em detalhes agora, mas devo explicar que, no Egito, embalsamar equivale a interromper indefinidamente as funções animais sujeitas ao processo. Emprego a palavra 'animal' no sentido amplo, incluindo aspectos físicos, morais e vitais. Como ia dizendo, para nós, o princípio fundamental do embalsamamento consistia na interrupção imediata e perpétua de todas as funções animais. Resumindo, o indivíduo permanecia para sempre nas condições em que estava ao ser embalsamado. Por sorte, tenho sangue de Escaravelho e fui embalsamado bem vivo, como os senhores estão me vendo agora."

"Sangue de Escaravelho?", indagou o dr. Ponnonner.

"Exato. O Escaravelho era a insígnia, o brasão, de uma família muito distinta e rara. Ter 'sangue de Escaravelho' significa pertencer à família que tem o Escaravelho como insígnia. Falo no sentido figurado."

"Mas o que isso tem a ver com o senhor ter sido enterrado vivo?"

"Bem, é costume no Egito remover as entranhas e os miolos de um cadáver antes de embalsamá-lo. A raça dos Escaravelho é a única que não concordava com essa prática. Se eu não pertencesse a essa família, teria sido privado de minhas entranhas e de meus miolos, e minha vida se tornaria bem inconveniente."

"De fato", anuiu o sr. Buckingham. "Suponho que todas as múmias intactas que chegam até nós pertençam à raça dos Escaravelho."

"Exato."

"Pensei que o Escaravelho fosse um dos deuses egípcios", observou o sr. Gliddon, muito sem jeito.

"Um dos o quê?", perguntou a múmia, pondo-se de pé.

"Deuses", repetiu o viajado cavalheiro.

"Sr. Gliddon, estou realmente espantado em ouvi-lo falar assim", disse o conde, sentando-se outra vez. "Nenhuma nação neste mundo jamais reconheceu mais de um único deus. O Escaravelho, o Íbis etc. eram para nós apenas símbolos, meios para adorarmos o Criador, sagrado demais para que o abordássemos diretamente."

Fez-se uma pausa. Por fim, o dr. Ponnonner retomou o colóquio.

"Pelo que o senhor explicou, é provável então que existam, entre as catacumbas próximas do Nilo, outras múmias da tribo dos Escaravelho em condições de vitalidade?"

"Com certeza", retrucou o conde. "Todos os Escaravelho embalsamados vivos por acidente permanecem vivos. Mesmo os que foram embalsamados de propósito podem ter passado despercebidos e ainda se encontrarem em suas tumbas."

"O senhor poderia, por gentileza, nos explicar o que quis dizer com 'de propósito'?", indaguei.

"Com satisfação!", exclamou a múmia, após me observar demoradamente com seu monóculo, pois fora a primeira vez em que ousei interpelá-la com uma pergunta direta. "Com satisfação", repetiu. "A duração habitual da vida de um homem, na minha época, era de oitocentos anos. Poucos morriam, salvo por algum acidente excepcional, antes dos seiscentos, e poucos viviam mais do que uma década de séculos. O tempo padrão era considerado oitocentos anos. Após a descoberta do princípio do embalsamamento, tal como descrevi aos senhores, ocorreu aos nossos filósofos que uma curiosidade louvável poderia ser satisfeita e, ao mesmo tempo, propiciar um avanço nos interesses da ciência: dividir esse tempo padrão em episódios. Historicamente, de fato, a experiência demonstrou que isso era indispensável. Um historiador, por exemplo, tendo alcançado a idade de quinhentos anos, empenhava-se para escrever um livro e depois era cuidadosamente embalsamado, deixando instruções para seus testamenteiros *pro tempore* para reavivá-lo após determinado período, digamos quinhentos ou seiscentos anos. Retomando a existência ao fim desse período, ele invariavelmente veria sua grande obra reduzida a uma espécie de caderno de anotações aleatórias, numa arena literária aberta aos palpites contraditórios, aos enigmas e às brigas pessoais de hordas de comentaristas exasperados. Percebia-se então que tais palpites etc., disfarçados de anotações ou emendas, haviam envolvido, distorcido e sobrecarregado tanto o texto que o autor precisava de uma lanterna para descobrir seu próprio livro. Uma vez descoberto, percebia-se que não valia o trabalho da busca. Após reescrevê-lo de cabo a rabo, restava ainda um dever ao historiador: corrigir imediatamente, a partir de seu conhecimento e sua experiência particular, as tradições referentes à época em que vivera. Tal processo de reescrita e retificação pessoal, adotado por diversos sábios de tempos em tempos, tinha a vantagem de evitar que nossa história se degenerasse, transformando-se em uma fábula absoluta."

"Com licença", disse o dr. Ponnonner, apoiando a mão no braço da múmia. "Com licença, senhor, mas posso interrompê-lo um instantinho?"

"Claro", respondeu o conde, afastando discretamente o braço.

"Gostaria apenas de fazer uma pergunta", prosseguiu o doutor. "O senhor mencionou a correção a ser feita pelo historiador de acordo com tradições de sua própria época. Diga-me, senhor, em média, qual a proporção de acerto dessa cabala?"

"Essa cabala, como o senhor acertadamente a chama, em geral espelha os fatos das histórias não reescritas. Portanto, diante dessas circunstâncias, não havia uma só vírgula que não estivesse total e radicalmente equivocada."

"Mas uma vez que comprovamos que pelo menos cinco mil anos se passaram desde que o senhor foi sepultado, imagino que as histórias daquele período, assim como as tradições, eram suficientemente esclarecedoras no que tange à Criação, esse tópico de interesse universal, ocorrida, suponho que o senhor saiba, apenas dez séculos antes."

"Senhor!", exclamou o conde Tudenganon.

O doutor repetiu seu argumento, mas foi só após muitas explicações complementares que o estrangeiro pôde compreendê-lo. Por fim, respondeu, hesitante:

"Confesso que as ideias apresentadas pelo senhor são absolutamente novas para mim. Na minha época, jamais tomei conhecimento de que alguém pudesse sequer imaginar que o universo (ou o mundo, se o senhor assim preferir) tivesse um início. Lembro-me que uma vez, e apenas uma vez, ouvi algo remotamente parecido, de um homem afeito às conjecturas, sobre a origem da raça humana. Esse sujeito chegou a empregar a palavra 'Adão' (ou Terra Vermelha), assim como o senhor. Porém, a empregou em um sentido genérico, referindo-se a uma germinação espontânea do solo (assim como são germinados milhares de criaturas dos gêneros inferiores) de cinco vastas hordas de homens, que surgiram simultaneamente em cinco pontos distintos e quase equivalentes do globo."

Nosso grupo deu de ombros e um ou dois companheiros passaram a mão na testa, com um ar compenetrado. O sr. Silk Buckingham, relanceando primeiro para o occipício e depois para o sincipício de Tudenganon, disse:

"A longa duração da vida humana na época do senhor, junto da prática ocasional de vivê-la, tal como nos explicou, de maneira episódica, deve ter afetado sensivelmente o desenvolvimento e o acúmulo de conhecimento. Suponho, portanto, que podemos atribuir a considerável inferioridade dos antigos egípcios em todos os aspectos da ciência, quando comparados com os modernos e sobretudo com os ianques, à solidez superior do crânio egípcio."

"Sou obrigado a confessar mais uma vez que estou tendo certa dificuldade para compreendê-lo", retrucou o conde, muito polido. "A que aspectos da ciência o senhor se refere?"

Num alarido de vozes sobrepostas, nos pusemos a detalhar, com minúcia, as premissas da frenologia e as maravilhas do magnetismo animal.

Tendo nos ouvido até o fim, o conde pôs-se a relatar algumas anedotas que deixaram claro que os protótipos de Gall e Spurzheim haviam florescido e fenecido no Egito — mas em um tempo tão longínquo que já haviam sido praticamente esquecidos —, e que as manobras de Mesmer não passavam de truques desprezíveis quando comparados aos autênticos milagres dos sábios tebanos, que criaram os piolhos e outros seres semelhantes.

Perguntei então ao conde se seu povo sabia calcular eclipses. Com um sorriso de desdém, ele disse que sim.

Aquilo me incomodou um pouco, mas comecei a fazer outras perguntas sobre seus conhecimentos astronômicos. De repente, um membro do grupo, que até então não abrira a boca, sussurrou em meu ouvido que, acerca de informações sobre o assunto, era melhor que eu consultasse Ptolomeu (seja lá quem for Ptolomeu) ou o *De facie in orbe lunae* de um tal de Plutarco.

Perguntei então à múmia sobre espelhos ustórios, lentes e a manufatura de vidros em geral. Nem havia terminado ainda minhas indagações quando o sujeito até então calado cutucou-me mais uma vez no cotovelo, implorando que eu desse uma olhada em Diodoro Sículo, pelo amor de Deus. Já o conde apenas me questionou, à guisa de resposta, se nós modernos tínhamos microscópios que nos permitiam cortar camafeus à moda egípcia. Enquanto refletia sobre como responder tal pergunta, o pequeno dr. Ponnonner superou-se, bradando: "Veja nossa arquitetura!", exclamou ele, para a indignação dos viajantes que o beliscavam em vão. "Veja a fonte no parque Bowling-Green em Nova York!", prosseguiu, entusiasmado. "Ou, se a paisagem for muito exuberante, o Capitólio, em Washington!" Assim dizendo, o bom e diminuto médico pôs-se a descrever em detalhes as proporções da construção. Explicou que o pórtico, e só o pórtico!, era adornado por nada menos do que vinte e quatro colunas de um metro e meio de diâmetro, espaçadas por uma distância de mais de três metros.

O conde lamentou não recordar as dimensões precisas de nenhuma das principais construções da cidade de Aznac, cujas fundações datavam de tempos imemoriais, mas que as ruínas ainda permaneciam de pé na época em que ele fora sepultado, em uma vasta planície de areia, a oeste de Tebas. Falando em pórticos, lembrava-se, contudo, de um, pertencente a um palácio de módicas proporções em uma área afastada chamada Karnak, com cento e quarenta e quatro colunas com onze metros de circunferência, afastadas por quase oito metros. O acesso a tal pórtico, pelo Nilo, dava-se por uma avenida de três quilômetros, composta por esfinges, estátuas e obeliscos, de seis, dezoito e trinta metros de altura. O palácio em si (pelo que Tudenganon lembrava) tinha mais de três quilômetros de comprimento e onze quilômetros de perímetro. Suas paredes eram ricamente adornadas, no interior e na fachada, com hieróglifos pintados. Ele não afirmava que cinquenta ou sessenta dos Capitólios do doutor pudessem caber dentro delas, mas tinha certeza absoluta de que pelo menos duzentos ou trezentos pudessem se espremer lá dentro, sem problemas. Afinal, o palácio em Karnak era uma construção modesta. O conde, no entanto, não podia em sã consciência se recusar a reconhecer a engenhosidade, a magnificência e a superioridade da fonte no parque Bowling-Green, tal como descrita pelo doutor. Não havia nada igual, foi obrigado a admitir, nem no Egito, tampouco em qualquer outro lugar do mundo.

Perguntei ao conde o que achava de nossas estradas.

"Nada de mais", respondeu ele. Não eram grande coisa, meio mal projetadas e construídas de qualquer jeito. Não se comparavam, é claro, com as vultosas estradas planas, retas e guarnecidas de ferro pelas quais os egípcios transportavam templos inteiros e obeliscos maciços de quase cinquenta metros de altura.

Perguntei então sobre nossas gigantescas forças mecânicas.

Ele reconheceu que, nesse aspecto, de fato conhecíamos alguma coisa, mas quis saber como eu procederia para erguer os lintéis do modesto palácio em Karnak.

Ignorei a pergunta e indaguei se ele sabia algo sobre poços artesianos, mas ele se limitou a erguer as sobrancelhas, enquanto o sr. Gliddon piscava alucinadamente para mim, dizendo baixinho que um poço fora recém-descoberto pelos engenheiros contratados para canalizar água para o Grande Oásis.

Mencionei então nosso aço, mas o estrangeiro empinou o nariz e perguntou se nosso aço seria capaz de executar o intrincado trabalho esculpido nos obeliscos, realizado com ferramentas de corte de cobre.

Aquilo nos provocou tamanho desconcerto que julgamos apropriado mudar o assunto para a metafísica. Pedimos que o criado trouxesse uma obra chamada *Dial* e lemos, em voz alta, alguns trechos sobre algo um tanto incompreensível que os moradores de Boston chamam de Grande Movimento do Progresso.[1]

O conde apenas comentou que Grandes Movimentos eram bastante comuns em sua época e que, quanto ao Progresso, costumava ser sempre maçante e nunca progressivo.

---

[1] Referência à revista *The Dial*, criada com o intuito de divulgar a ideologia dos transcendentalistas, aos quais Poe se opunha ferozmente. A doutrina mística e filosófica caracterizava-se pela afirmação de uma unidade primordial e panteística do universo, e pela supremacia da intuição sobre o racionalismo na busca da verdade.

Discorremos então sobre a beleza e a importância da Democracia e tivemos muita dificuldade para transmitir ao conde as vantagens que desfrutávamos por viver em uma sociedade onde havia sufrágio *ad libitum* e nenhum rei.

Ele ouviu com visível interesse, mas não pareceu nada satisfeito. Quando concluímos, disse que, há muito tempo, ocorrera algo bem semelhante: treze províncias egípcias cismaram de repente com independência, para dar um admirável exemplo para o resto da humanidade. Reuniram seus sábios e formularam a Constituição mais bem elaborada do mundo. Durante um tempo, as coisas pareciam funcionar às maravilhas, mas eles tinham o notório hábito de se vangloriar. Até que tudo terminou, com a união dos treze estados com mais quinze ou vinte, no despotismo mais odioso e insuportável que já se viu na face da Terra.

Perguntei o nome do tirano usurpador.

Pelo que o conde podia se lembrar, chamava-se *Turba*.

Sem saber o que responder, levantei a voz e critiquei a ignorância da múmia sobre os barcos a vapor.

O conde me olhou com muita perplexidade, mas não disse nada. O cavalheiro silencioso, no entanto, me deu uma violenta cotovelada nas costelas, afirmou que já havia me exposto o bastante e quis saber se eu era realmente tão ignorante a ponto de desconhecer que o transporte moderno a vapor surgira a partir da invenção de Hero, por Salomão de Caus.

Estávamos correndo iminente risco de ser desancados pela múmia, mas, por sorte, um renovado dr. Ponnonner acudiu-nos em boa hora e indagou se os egípcios realmente pretendiam rivalizar com os modernos na importantíssima questão da moda.

Ouvindo isso, o conde olhou para as listras de suas calças e, apanhando uma das pontas de sua casaca, aproximou-a dos olhos por alguns minutos. Soltando-a, por fim, abriu aos poucos um sorriso, mas não me lembro se disse algo como resposta.

Recuperamos nosso ânimo e o doutor, aproximando-se da múmia com muita dignidade, pediu que ela respondesse com toda sinceridade, em nome da própria honra como cavalheiro, se os egípcios algum muito menos anã do que ele (embora muito bem-feita de corpo e excelente dançarina) foram obrigados a deixar seus respectivos lares em províncias vizinhas, sendo enviados como presentes ao rei por um de seus generais mais bem-sucedidos.

Sob tais circunstâncias, não causa admiração que os dois diminutos cativos tenham se tornado íntimos e, em pouco tempo, amicíssimos. Hop-Frog, ainda que fosse motivo de riso, não era nem um pouco popular, e não podia fazer muito por Trippetta; já ela, graças ao charme e à encantadora beleza (embora anã), era admirada e tratada com carinho, e tinha muita influência na corte, jamais perdendo uma oportunidade de usá-la para o benefício de Hop-Frog.

Em certa ocasião comemorativa — não me recordo qual —, o rei estava determinado a realizar um baile de máscaras e, sempre que algo dessa natureza acontecia na corte, os talentos de Hop-Frog e de Trippetta eram solicitados. Como Hop-Frog era extremamente criativo para montar representações teatrais, sugerir novos personagens e produzir fantasias, sua assistência era providencial em um baile de máscaras.

Chegou enfim o dia da grande festa. Um deslumbrante salão fora adornado, sob a supervisão de Trippetta, com todos os ornamentos capazes de realçar o brilho de um baile de máscaras. A corte aguardava com expectativa febril. Quanto às fantasias e aos personagens, todos já haviam se decidido. Muitos escolheram seus papéis com uma semana e até mesmo um mês de antecedência, e não havia um pingo de indecisão, com exceção do rei e seus sete ministros. Não sei explicar o motivo de tamanha hesitação, a não ser que a própria demora fosse em si uma pilhéria. Era mais provável, contudo, que estivessem tendo dificuldade para escolher suas fantasias por ser muito gordos. Como o tempo estava passando sem que tomassem uma decisão, mandaram chamar Trippetta e Hop-Frog como último recurso.

Quando os dois amigos atenderam ao chamado real, encontraram o rei bebericando vinho com os sete membros de seu conselho. No entanto, o monarca parecia estar bastante mal-humorado. Embora soubesse que Hop-Frog não apreciava vinho, pois a bebida deixava o pobre aleijado em um estado alucinado de loucura, e a loucura não é um estado lá muito confortável, o monarca, amante de uma boa troça, gostava de obrigar Hop-Frog a beber para — de acordo com as palavras reais — "elevar o espírito".

"Venha aqui, Hop-Frog", ordenou ele, assim que o bufão e sua amiga entraram no aposento. "Beba uma dose pela saúde de seus amigos distantes", exortou, fazendo Hop-Frog suspirar, "e depois nos ajude com sua criatividade. Queremos personagens, meu caro, *personagens*. Algo novo, totalmente sem precedentes. Estamos cansados dessa eterna mesmice. Venha, beba! O vinho vai aguçar sua inspiração."

Hop-Frog se esforçou, como sempre, para dar uma resposta engraçada para o rei, mas não conseguiu. Por acaso, fazia aniversário justamente naquele dia, e a ordem do rei para que bebesse por "seus amigos distantes" o deixara com os olhos rasos de água. As lágrimas pingaram amargas dentro do cálice quando o aceitou das mãos do tirânico monarca.

"Rá, rá, rá!", gargalhou o rei, enquanto o anão esvaziava o copo com relutância. "Veja o que uma taça de vinho é capaz de fazer! Seus olhos já estão até brilhando!"

Pobre sujeito! Tinha os olhos marejados, não brilhantes. O efeito do vinho em sua suscetível natureza era tão intenso quanto instantâneo e, devolvendo o cálice à mesa, Hop-Frog lançou um olhar alucinado para o grupo. Todos pareciam satisfeitos com o resultado da brincadeira do rei.

"E, agora, ao trabalho!", encorajou o primeiro-ministro, um sujeito muito gordo.

"Exatamente", concordou o rei. "Venha nos ajudar. Personagens, meu bom homem, precisamos de personagens: para todos e um para cada um, rá, rá, rá!"

Como pretendia soar realmente engraçado, sua gargalhada foi imitada pelos sete. Hop-Frog também riu, mas foi um riso fraco e distraído.

"E então!", exortou o rei, impaciente. "Não tem nenhuma sugestão para nos dar?"

"Estou me esforçando para pensar em algo novo", respondeu o anão, reflexivo, pois o vinho o deixara bastante atordoado.

"Está se esforçando?", retrucou o tirano, com ferocidade. "O que você quer sugerir com isso? Ah, já entendi, está amuado e quer mais vinho. Aqui está, beba!", ordenou novamente o rei, oferecendo um cálice cheio até a borda ao aleijado, que contemplava o vinho sem fôlego.

"Beba, estou mandando!", esbravejou o monstro. "Mas que diabo!"

O anão hesitava. O rei estava roxo de raiva. Os ministros exibiam um sorriso arrogante. Pálida como cadáver, Trippetta avançou até o trono do monarca e, prostrando-se de joelhos, implorou para que poupasse seu amigo.

Por um instante, o tirano a encarou fixamente, perplexo com tal audácia. Ele parecia confuso, sem saber o que fazer ou dizer — como expressar plenamente sua indignação. Por fim, sem pronunciar uma só palavra, deu um safanão na anã e esvaziou o cálice cheio no rosto dela.

A pobre pequenina levantou-se como pôde e, sem emitir um mísero suspiro, retomou sua posição aos pés da mesa.

Durante meio minuto, pairou um silêncio tão profundo que a queda de uma folha ou de uma pena poderia ser ouvida, e só foi interrompido por um rangido, grave e prolongado, que parecia ecoar simultaneamente dos quatro cantos do aposento.

"Por que está fazendo esse barulho?", indagou o rei, virando-se, furioso, para o anão.

Hop-Frog, já consideravelmente mais sóbrio, fitou o tirano com olhar fixo, mas sereno, e então respondeu:

"Eu? Como poderia fazer algo assim?"

"O som parece ter vindo de fora", observou um dos ministros. "Acho que foi o papagaio na janela, afiando o bico no arame da gaiola."

"Tem razão", respondeu o monarca, como se aliviado. "Mas podia jurar que eram os dentes deste pobre diabo."

O anão soltou então uma gargalhada (o rei, piadista inveterado, nunca se opunha a uma boa gargalhada), exibindo seus dentes grandes, fortes e bastante repulsivos. Em seguida, afirmou que beberia de bom grado tanto vinho quanto o rei desejasse, o que apaziguou o monarca. Tendo esvaziado outro cálice, sem nenhum efeito aparente, Hop-Frog pôs-se a propor, com entusiasmo, planos para o baile.

"Não sei explicar o porquê", observou ele, muito tranquilo, como se jamais tivesse provado vinho na vida, "mas logo depois que Vossa

Majestade empurrou a moça e atirou vinho no rosto dela, e enquanto o papagaio fazia aquele som esquisito na janela, ocorreu-me uma diversão formidável, uma brincadeira que costumávamos fazer na minha terra, em nossos bailes de máscaras, mas que será original aqui. Infelizmente, porém, precisaríamos de oito pessoas e..."

"Aqui estamos!", interrompeu o rei, achando graça em tamanha e fortuita coincidência. "Exatamente oito: meus sete ministros e eu. Diga lá! Que brincadeira é essa?"

"Nós a chamamos de 'Os Oito Orangotangos Acorrentados'", respondeu o aleijado, "e pode ser muito divertida, se bem executada."

"Será!", afirmou o rei, levantando-se e fechando as pálpebras.

"A graça dessa brincadeira", prosseguiu Hop-Frog, "é o susto que provoca nas mulheres."

"Ah, que maravilha!", exclamaram em uníssono o monarca e seus ministros.

"Vou fantasiá-los de orangotangos", continuou o anão. "Deixem tudo por minha conta. A fantasia ficará tão perfeita que os convivas do baile vão tomá-los por primatas de verdade... e, é claro, ficarão ao mesmo tempo admirados e mortos de medo."

"Que ideia extraordinária!", entusiasmou-se o rei. "Hop-Frog, você vai crescer no meu conceito, rá, rá!"

"As correntes servem para aumentar ainda mais a confusão com seu barulho. Precisamos fazer com que todos acreditem que vocês fugiram *en masse* de seus tratadores. Vossa Majestade não faz ideia do efeito causado em um baile por oito orangotangos acorrentados, tomados por animais de verdade pelos convivas, irrompendo com urros ferozes em meio a uma multidão com fantasias sofisticadas. O contraste é inigualável!"

"Tenho certeza", afirmou o rei.

Como já estava ficando tarde, os ministros levantaram-se depressa para colocar em prática o plano de Hop-Frog. Sua solução para fantasiar o grupo de orangotangos era bem simples, mas muito eficaz. Na época dessa história, os animais em questão pouco haviam sido avistados no mundo civilizado. Sendo assim, a reprodução criada por

Hop-Frog era suficientemente animalesca e horrenda para que passasse por fidedigna.

Primeiro, o rei e seus ministros vestiram uma malha justa, cobrindo o torso e as pernas. Foram então cobertos de piche. Nesse estágio do processo, alguém sugeriu penas, mas a sugestão foi imediatamente recusada pelo anão, que logo convenceu os demais, por demonstração ocular, que o pelo desse primata seria mais bem representado por linho. Assim, uma grossa camada foi aplicada sobre o piche. Providenciaram em seguida uma comprida corrente, que passaram primeiro pela cintura do rei e amarraram. Depois fizeram o mesmo com um ministro, repetindo o procedimento com todos os outros do grupo. Uma vez concluída essa etapa, cada membro foi mantido o mais afastado possível dos demais, formando um círculo. Para deixar a composição ainda mais real, Hop-Frog cruzou a sobra da corrente no círculo em dois diâmetros, em ângulos retos, no estilo adotado por aqueles que capturam chimpanzés e outros grandes primatas em Bornéu.

O grande salão onde seria realizado o baile era um aposento circular, muito alto, que recebia a luz do sol apenas por uma claraboia. À noite (período para o qual fora especialmente projetado), era iluminado por um imenso lustre que, suspenso por uma corrente no centro da claraboia, tinha sua altura regulada por contrapeso, que, para não comprometer a harmonia da arquitetura, passava pelo lado de fora da cúpula, por cima do telhado.

Trippetta ficou encarregada da decoração do ambiente, mas em alguns aspectos foi guiada pelo juízo ponderado de seu amigo anão, que sugeriu, por exemplo, que o lustre fosse removido para o baile. Os respingos da cera de suas velas (quase impossíveis de serem controlados, ainda mais no calor) constituiriam grave perigo para as elaboradas fantasias dos convidados que, em um ambiente apinhado, decerto não evitariam o centro do salão, ficando assim debaixo do lustre. Arandelas adicionais foram dispostas em lugares estratégicos e archotes que emanavam um doce aroma colocados na mão direita de cada uma das cinquenta ou sessenta cariátides que contornavam o salão.

Os oito orangotangos, seguindo a recomendação de Hop-Frog, esperaram com paciência até meia-noite (quando o salão estaria abarrotado de mascarados) para sua entrada. Assim que o relógio cessou suas badaladas, eles entraram correndo, ou melhor, rolando: as correntes dificultavam o movimento e, no ímpeto, a maioria foi ao chão, fazendo com que entrassem aos tropeções.

O alvoroço dos convidados foi tremendo e encheu de alegria o coração do rei. Como imaginaram, a maioria dos convivas tomou as criaturas de aparência assustadora como feras de verdade — ou então precisamente como orangotangos.

Muitas mulheres desmaiaram de medo e, não fosse a precaução do rei de proibir armas do salão, o grupo teria pagado pela brincadeira com seu próprio sangue. Os convivas desabalaram em direção às portas, mas o rei dera ordens prévias de que fossem trancadas imediatamente após sua entrada. Atendendo sua sugestão, as chaves foram entregues ao próprio Hop-Frog.

No auge do tumulto, com cada mascarado ocupando-se apenas de sua segurança (pois uma multidão em pânico é sempre um perigo), a corrente que costumava sustentar o lustre, e havia sido suspensa quando de sua remoção, desceu discretamente do teto até pairar a uns noventa centímetros do assoalho. Em sua extremidade, havia um gancho.

O rei e seus sete amigos, após terem se dispersado aos trambolhões pelo salão, viram-se enfim no centro do aposento, em contato direto com a corrente. Estavam assim posicionados, quando o anão — que os acompanhara de perto, incitando-os a prosseguir com a desordem — tomou a corrente que os ligava pela interseção das duas partes que cruzavam o círculo. Com a rapidez de um pensamento, ele a prendeu no gancho que costumava suster o lustre. Como por mágica, a corrente foi alçada, suspendendo o gancho e, consequência inevitável, erguendo todos os orangotangos juntos, cara a cara.

A essa altura, os mascarados já tinham se recuperado do susto e, começando a tomar o episódio como uma brincadeira bem elaborada, gargalharam com estrépito diante dos primatas em apuros.

"Deixem comigo!", gritou Hop-Frog, sua voz estridente sobressaindo no alarido. "Deixem comigo. Acho que os conheço. Se conseguir olhá-los de perto, logo poderei dizer quem são."

Assim dizendo, galgando a multidão, ele alcançou a parede e, apanhando o archote de uma das cariátides, regressou ao centro do salão. Com a agilidade de um macaco, pulou sobre a cabeça do rei e, apoiando-se nela, subiu ainda mais pela corrente. Abaixando a tocha para examinar melhor o grupo de orangotangos, gritou: "Estou prestes a descobrir quem são!".

Enquanto todos os presentes (incluindo os primatas) contorciam-se de rir, o anão emitiu um assovio cortante. A corrente foi levantada por mais quase um metro, puxando os estupefatos orangotangos que se debatiam e os deixando suspensos no ar entre a claraboia e o chão. Hop-Frog, agarrando-se com firmeza à corrente enquanto era puxada, mantinha sua posição acima dos oito mascarados e continuava a aproximar o archote de seus rostos, como se determinado a descobrir suas identidades.

Os convivas ficaram tão atônitos com essa escalada que, durante um minuto, um profundo silêncio se abateu no ambiente, quebrado somente por um rangido rascante: o mesmo que anteriormente chamara atenção do rei e de seus ministros, logo após o monarca atirar vinho no rosto de Trippetta. Naquele momento, no entanto, não havia dúvidas quanto a origem do som. Vinha dos dentes afiados do anão, que se chocavam enquanto ele, com o rosto contorcido em um esgar de fúria alucinada, espumava pela boca e encarava fixamente os rostos do rei e seus sete companheiros.

"A-rá!", exclamou enfim o ensandecido bufão. "Começo a identificar estes mascarados!" E então, fingindo aproximar-se para examinar o rei mais de perto, encostou o archote na fantasia de linho do monarca e, no mesmo instante, o tecido se converteu em vívida chama. Em questão de segundos, os oito orangotangos estavam ardendo em fogo, em meio aos gritos da multidão que contemplava a cena, transida de horror, incapaz de prestar a mínima assistência.

Por fim, o aumento das chamas forçou o anão a escalar mais a corrente, para escapar do fogo. A aglomeração que acompanhava a cena quedou-se mais uma vez em silêncio, acompanhando sua peripécia. Hop-Frog aproveitou a oportunidade para se dirigir aos convidados:

"Vejo com clareza quem são os mascarados. Aqui temos um poderoso rei e seus sete conselheiros. Um rei sem escrúpulos, que não hesitava em agredir uma moça indefesa, e sete conselheiros que o instigavam nesse ultraje. Quanto a mim, sou apenas Hop-Frog, o bufão, e eis minha derradeira comédia!"

Graças à alta combustibilidade do linho e do piche, antes mesmo que Hop-Frog terminasse seu breve discurso, sua vingança estava consumada. Os oito cadáveres balançavam em suas correntes, formando uma massa fétida, enegrecida, hedionda e indistinguível. O anão atirou o archote sobre eles, escalou até o teto e desapareceu pela claraboia.

Desconfia-se que Trippetta, à espreita no telhado, tenha sido a cúmplice do anão nessa feroz vingança e que, juntos, tenham conseguido fugir de volta para sua terra. A única coisa que se sabe é que, desde então, nunca mais foram vistos novamente.

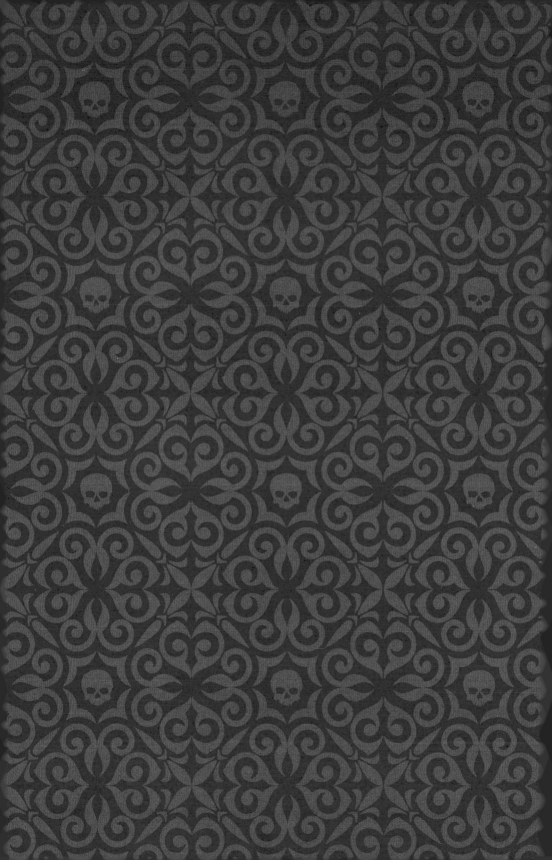

No limiar da morte

◀ NO LIMIAR DA MORTE ▶

UMA DESCIDA *ao* MAELSTRÖM

EDGAR ALLAN POE
1841

*Os caminhos de Deus na natureza, assim como na providência,
são diferentes dos nossos, assim como os modelos que concebemos
não se comparam à grandeza, à complexidade e ao mistério de Suas
obras, que são mais profundas do que o poço de Demócrito.*
— Joseph Glanvill —

Havíamos alcançado o cume do mais alto penhasco. Por alguns instantes, o velho pareceu cansado demais para falar.

"Não faz muito tempo", disse ele, enfim quebrando o silêncio, "poderia ter conduzido você por esta trilha tão bem quanto o meu filho mais novo; mas, há três anos, aconteceu comigo algo que acredito jamais ter acontecido com outro mortal — pelo menos, nenhum sobreviveu para contar a história — e as seis horas de absoluto terror que fui obrigado a suportar naquela ocasião arruinaram meu corpo e minha alma.

Você deve me tomar por um velho, mas não sou. Em menos de um dia, porém, meu cabelo embranqueceu, meus membros perderam a força e passei a sofrer dos nervos de tal modo que o menor esforço me provoca tremores e qualquer sombra me enche de pavor. Sabe que mal posso olhar para baixo nesse rochedo sem ficar tonto?"

O "rochedo", em cuja beira ele se atirara imprudentemente para descansar, debruçando metade do corpo e se equilibrando de forma precária sobre o cotovelo para não deslizar pela encosta escorregadia — esse "rochedo", um precipício de negras rochas reluzentes, erguia-se a quinhentos metros de altura dos abismais penhascos lá embaixo. Eu não me aproximaria daquela beira por nada neste mundo. Na verdade, a periclitante posição do meu companheiro me causou tanto desconforto que cheguei a cair no chão, agarrando-me nos arbustos ao meu redor, sem ousar sequer olhar para cima — enquanto lutava, em vão, para abstrair a impressão de que até mesmo os alicerces da montanha estavam sendo castigados pela fúria dos ventos. Somente depois de um tempo tomei coragem para me sentar e contemplar o horizonte distante.

"Você precisa abandonar esses medos", disse o guia, "pois lhe trouxe aqui para que pudesse ter o melhor panorama possível do incidente a que me referi... e para lhe contar toda a história do que se passou comigo, com o cenário diante dos seus olhos."

Ele então prosseguiu, com sua idiossincrásica especificidade:

"Estamos bem próximos da costa da Noruega, a sessenta e oito graus de latitude, na grande província de Nordland, no sombrio distrito de Lofoden. A montanha onde estamos agora se chama Helseggen, a Nuviosa. Se você se levantar um pouco mais — segure-se na grama, caso sinta vertigem... isso... — verá, para além da faixa vaporosa sob nossos pés, o mar."

Atordoado, esforcei-me para contemplar o vasto oceano, cujas águas eram tão negras que logo me trouxeram à mente o relato do geógrafo núbio sobre o *Mare Tenebrarum*. Era um panorama tão desolador que desafiava até mesmo a imaginação humana. À direita e à esquerda, lúgubres falésias estendiam-se no horizonte como as muralhas do mundo, fustigadas pelas ondas que se chocavam contra seus níveos e tétricos cumes, em eterno clamor. Diante do promontório em cujo topo estávamos parados, a uma distância de oito a dez quilômetros no mar, era possível avistar uma pequena ilha deserta; ou, melhor dizendo, a violência das ondas ao seu redor tornava-a mais conspícua em meio à paisagem marítima. A uns três quilômetros da costa, via-se uma ilha menor, escarpada e árida, cercada por irregulares aglomerados de rochas negras.

A aparência do oceano, no intervalo entre a ilha mais distante e a costa, era bastante insólita. Embora uma forte ventania soprasse em direção à terra — atingindo com tanta violência um brigue, que singrava a distância com sua vela de mezena rizada, que seu casco por vezes desaparecia por completo —, não havia nenhuma ondulação próxima ao local onde estávamos, apenas uma colisão fugaz e furiosa das águas, que vinha de todas as direções — tanto contra como a favor do vento. Também não se via muita espuma: apenas nas imediações mais próximas das rochas.

"Aquela ilha, mais ao longe", prosseguiu o velho, "é chamada pelos noruegueses de Vurrgh. A do meio, de Moskoe. A que fica a um quilômetro e meio ao norte, Ambaaren. Mais além, temos Islesen, Hotholm, Keildhelm, Suarven e Buckholm. Mais afastadas, entre Moskoe e Vurrgh, ficam Otterholm, Flimen, Sandflesen e Stockholm. São os nomes verdadeiros dos lugares; contudo, por que acharam que precisavam de um nome é algo que vai além da nossa compreensão. Está ouvindo algo? Percebe alguma mudança nas águas?"

Estávamos há uns dez minutos no topo da Helseggen e, como chegáramos pelo interior de Lofoden, só avistamos o mar quando alcançamos o cume e a paisagem se descortinou aos nossos pés. Enquanto o velho falava, percebi um som que se tornava gradualmente mais alto, como o bramido de uma volumosa horda de búfalos em uma pradaria norte-americana. No mesmo momento, distingui o que os marinheiros chamam de "mar encrespado": as águas lá embaixo formavam rapidamente uma correnteza, que avançava rumo ao leste, ganhando monstruosa velocidade diante dos meus olhos. Parecia se tornar mais veloz a cada instante, precipitando-se em ímpeto crescente. Em cinco minutos, o mar inteiro, até a altura de Vurrgh, foi tomado por uma fúria ingovernável, mas era entre Moskoe e a costa que a tormenta explodia com mais vigor. Naquele ponto, o vasto leito das águas, fracionado em uma miríade de canais desencontrados, rebentava em alucinada convulsão — pululando, fervilhando, sibilando — girando em gigantescos e incontáveis vórtices, que rodopiavam e mergulhavam rumo ao leste com uma velocidade que a água normalmente só alcança em cachoeiras.

Alguns minutos depois, a paisagem sofreu outra alteração radical. A superfície das águas ficou mais plácida, e os redemoinhos foram desaparecendo, um por um, dando lugar a espantosas faixas de espuma, que por fim se espraiaram amplamente e se fundiram umas com as outras, assumindo o movimento giratório dos vórtices desaparecidos, parecendo formar algo muito mais portentoso. De repente — em um átimo — a massa de água ganhou vida, brotando em um círculo distinto e definido de quase um quilômetro de diâmetro. Enxergava-se distintamente a borda do redemoinho, composta por um largo cinturão faiscante de espuma; nenhuma partícula dela, contudo, penetrava na bocarra do tenebroso abismo, cujo interior, até onde a vista podia alcançar, consistia em uma muralha lisa, reluzente e nigérrima de água. Inclinada em um ângulo de quarenta e cinco graus ao horizonte, revolvia vertiginosamente em uma rotação oscilante e sufocante, lançando aos ventos um brado aterrador, meio grito, meio rugido, mais lancinante do que erguem as imponentes cataratas do Niágara em sua súplica aos céus.

A montanha tremia como se sacudida da base ao topo, fazendo vibrar toda a rocha. Jogando-me ao chão, cobri meu rosto e agarrei-me como pude na escassa grama, em um estado agudo de agitação nervosa.

"Esse só pode ser o grande redemoinho do Maelström", eu disse ao velho, depois de um tempo.

"É um de seus nomes", explicou ele. "Nós, noruegueses, o chamamos de Moskoe-ström, pois a ilha de Moskoe fica no meio."

Os relatos sobre esse turbilhão não me prepararam em nada para o que agora testemunhava de perto. Até mesmo o de Jonas Ramus, talvez o mais detalhado de todos, é incapaz de transmitir a mais vaga ideia acerca da grandiosidade e do horror da cena — da sensação de se estar diante de algo inédito, que tanto atordoa seu espectador. Não sei de onde o autor em questão assistiu ao fenômeno, nem em que circunstâncias, mas acredito que não tenha sido do topo da montanha Helseggen, tampouco durante uma tempestade. Ainda assim, existem alguns trechos de seu relato que, graças aos detalhes, merecem reprodução, embora o efeito produzido pela leitura seja incomparavelmente inferior à impressão causada pelo espetáculo:

"Entre Lofoden e Moskoe, a profundidade da água fica entre sessenta e cinco a setenta e dois metros, ao passo que, na altura de Ver (Vurrgh), essa profundidade diminui a ponto de não permitir a passagem segura de uma embarcação sem o risco de colisão nas pedras, acidente comum até mesmo quando o mar está sereno. Quando a maré está alta, o fluxo percorre a região entre Lofoden e Moskoe com turbulenta rapidez; mas o rugido de sua impetuosa vazante supera até mesmo a mais retumbante e aterradora das cataratas. Seu barulho pode ser ouvido a léguas de distância e, em razão do tamanho e da profundidade de seus vórtices ou abismos, qualquer navio capturado na correnteza é inevitavelmente absorvido e arrastado até o fundo, onde acaba destroçado contra as pedras, e seus fragmentos só tornam a emergir na superfície quando as águas se acalmam. Tais intervalos de calmaria, no entanto, ocorrem somente na virada da maré, quando o tempo está ameno, e duram apenas um quarto de hora. Depois disso, as águas voltam a se encrespar aos poucos. Quando o fluxo atinge seu auge de turbulência, com sua fúria acentuada por uma tempestade, é perigoso chegar a pouco mais de um quilômetro e meio de distância. Barcos, iates e navios foram carregados por falta de precaução, não se mantendo afastados o bastante da área. Acidentes semelhantes também ocorrem com frequência com baleias, que se aproximam da corrente e são violentamente tragadas. O som que emitem enquanto lutam em vão para se libertar das garras do redemoinho é indescritível. Certa vez, um urso, tentando nadar de Lofoden a Moskoe, foi capturado e abocanhado pela corrente: seus urros de desespero foram ouvidos da costa. O modo como troncos de abetos e pinheiros, após ser absorvidos pela corrente, emergem destroçados demonstra que o fundo é formado por rochas encarpadas, contra as quais os troncos se chocam. Tal corrente é regulada pelo fluxo e o refluxo do mar — a alternância da maré se dá a cada seis horas. Em 1645, na manhã do domingo da sexagésima,[1] a fúria das águas foi tão retumbante e impetuosa que fez tombar as pedras das casas para a costa."

Quanto à profundidade da água, não soube como ele pudera medi-la com precisão nas imediações do redemoinho. Os "mais de setenta quilômetros" deviam se referir apenas aos trechos mais próximos da costa, tanto de Moskoe quanto de Lofoden. A profundidade no coração do Moskoe-ström devia ser incomparavelmente maior: bastava olhar para o abismo do redemoinho para comprovar tal fato — sobretudo do ponto onde estávamos, no pico da Helseggen. Contemplando do alto o Flegetonte uivante aos nossos pés, não pude evitar um sorriso diante da simplicidade com que o honesto Jonas Ramus relatou as anedotas sobre baleias e ursos, como se pudessem ter sua credibilidade contestada; para mim, era óbvio que mesmo o mais colossal dos navios de linha, capturado pela fatídica corrente, seria por ela arrastado como uma pena em um furacão, desaparecendo por completo e de imediato.

As tentativas de compreender o fenômeno — bem me lembro que cheguei a julgar algumas plausíveis quando as li — agora adquiriam um aspecto bem diferente e insatisfatório. A ideia geralmente aceita é que esse redemoinho, assim como três outros menores entre as Ilhas Feroe, "é causado pela colisão das ondas, no fluxo e no refluxo, contra uma cumeeira rochosa que confina as águas, levando-as a se precipitar como cataratas. Quanto mais cheia a maré, mais profunda a queda, e o resultado natural é o redemoinho ou vórtice, cuja extraordinária capacidade de sucção já foi atestada em experimentos inferiores". Essa é a definição encontrada na *Enciclopédia Britânica*. Kircher e outros pesquisadores supõem que no centro do canal do Maelström existe um abismo que perfura o globo e desemboca em uma região remota da terra — o golfo da Bótnia sendo mencionado, com alguma convicção, como hipótese possível em ao menos um estudo. Tal conjectura, ainda

---

[1] O penúltimo domingo antes da Quaresma ou, aproximadamente, o sexagésimo dia antes da Páscoa.

que infundada, era a que mais me convencia enquanto contemplava o redemoinho. Quando a mencionei ao guia, fiquei surpreso ao ouvi-lo dizer que, embora fosse a opinião mais aceita entre os noruegueses sobre o fenômeno, ele pensava diferente. Quanto à definição enciclopédica, confessou que não a compreendia, e tive de concordar com ele, na medida em que, ainda que parecesse conclusiva no papel, tornava-se incompreensível, até mesmo absurda, em meio ao fragor do abismo.

"Agora que você já viu bem o redemoinho", disse o velho, "se quiser dar a volta no penhasco e chegar até aqui para abafar o barulho das águas, vou lhe contar uma história que vai convencê-lo de que sei uma coisa ou outra sobre o Moskoe-ström."

Segui sua orientação e ele então prosseguiu:

"Eu e meus dois irmãos possuíamos uma sumaca, pequena embarcação de dois mastros, equipada como escuna, com aproximadamente setenta toneladas de carga, que usávamos para pescar nas ilhas entre Moskoe e Vurrgh. Todos os redemoinhos violentos apresentam boas oportunidades para pesca, se o sujeito tiver coragem para se arriscar nos momentos certos. No entanto, entre todos os pescadores de Lofoden, a verdade é que só nós três costumávamos ir até as ilhas. A área mais comum de pesca fica bem mais ao sul. Lá, pode-se pescar o dia todo, sem grandes riscos e, por isso, é o ponto preferido de quase todos. Contudo, aqui entre os rochedos, não só encontramos peixes mais variados, como em maior abundância. Normalmente conseguíamos, em um único dia, o que os trabalhadores do mar menos destemidos não conseguiam em uma semana. Resumindo, fazíamos disso uma especulação desesperada — o risco de vida no lugar do trabalho, e a coragem servindo como capital.

"Guardávamos a sumaca em uma enseada a uns oito quilômetros costa acima: quando o tempo estava bom, aproveitávamos os quinze minutos de águas tranquilas para cruzar o canal principal do Moskoe-ström, bem acima do redemoinho, baixando âncora em algum lugar nas proximidades de Otterholm ou Sandflesen, onde o sorvedouro não era tão violento. Costumávamos esperar por lá até as águas serenarem de novo, quando levantávamos âncora e partíamos para casa.

Jamais saíamos sem um vento lateral constante que nos acompanhasse na ida e na volta... sem a certeza de que nosso retorno estaria garantido... e raramente errávamos em nossos cálculos. Em seis anos, apenas em duas oportunidades fomos obrigados a passar a noite inteira ancorados, em virtude de uma calmaria, o que é bem raro por aqui. E apenas uma vez ficamos presos por quase uma semana, quase morrendo de fome, por conta de um vendaval que nos surpreendeu logo após nossa chegada, agitando as águas do canal e tornando a travessia impensável. Nessa ocasião, teríamos sido arrastados pelo mar (pois os redemoinhos nos fustigavam com tanta violência que acabaram por deslocar a âncora, e a sumaca começou a garrar), se não tivéssemos sido levados por uma das inúmeras correntes atravessadas até Flimen, onde por sorte conseguimos ancorar de novo.

"Não saberia por onde começar a relatar as incontáveis dificuldades que encontrávamos na zona pesqueira... um lugar perigoso mesmo em bom tempo... mas sempre conseguíamos superar o desafio e passar pelo Moskoe-ström sem percalços. Confesso que às vezes sentia como se meu coração fosse sair pela boca, quando estávamos um minuto que fosse antes ou depois da calmaria. O vento nem sempre seguia tão firme quanto imaginávamos ao partir, atrasando a travessia, e era difícil controlar a sumaca na corrente. Meu irmão mais velho tinha um filho de dezoito anos, e eu era pai de dois meninos bem corpulentos também. Eles teriam sido de grande valia nessas situações, tanto para nos ajudar com os remos como na pesca depois... mas, embora nos arriscássemos, não tínhamos coragem de deixar que nossos filhos corressem perigo, pois sabíamos que estávamos desafiando a morte.

"Esta semana vai fazer três anos que o episódio que estou prestes a relatar aconteceu. Foi em 10 de julho de 18—, dia que os moradores aqui da região jamais vão esquecer, pois nessa data fomos atingidos pelo furacão mais implacável que já desceu dos céus. Durante toda a manhã e por boa parte da tarde soprava do sudoeste uma brisa amena e constante, e o sol brilhava. Nem mesmo o mais calejado entre nós poderia prever o que estava por vir.

"Eu e meus dois irmãos tínhamos alcançado as ilhas por volta das duas da tarde e, em pouco tempo, a sumaca ficou praticamente lotada: nunca antes havíamos pescado tantos peixes graúdos, tampouco naquela quantidade. Meu relógio marcava sete horas quando erguemos a âncora e partimos de volta para casa, com a intenção de enfrentarmos o pior do Ström na calmaria, que pelos nossos cálculos seria às oito da noite.

"Partimos com vento constante a estibordo e, durante um período, avançamos em grande velocidade, sem qualquer preocupação com perigo, pois não víamos nenhum motivo para inquietação. De repente, fomos surpreendidos por uma brisa vinda da Helseggen. Como era algo incomum, que jamais aconteceu conosco antes, comecei a ficar um pouco apreensivo, sem saber direito por quê. Mesmo quando fomos a favor do vento, não conseguimos avançar por causa dos redemoinhos. Eu estava prestes a propor que retornássemos ao ancoradouro quando, voltando à popa, vimos que o horizonte estava inteiramente coberto por uma única nuvem acobreada, que escureceu o céu com extraordinária rapidez.

"Enquanto isso, a brisa que nos impulsionava cessou e ficamos à deriva, em meio às águas paradas. Só que essa circunstância não durou o bastante para que tivéssemos tempo para refletir: em menos de um minuto, a tempestade nos atingiu e, em menos de dois, cobriu o céu completamente. Imersos na escuridão e fustigados pela espuma, não conseguíamos mais sequer enxergar uns aos outros na sumaca.

"Inútil tentar descrever o furacão que nos surpreendeu naquele dia. Nem mesmo o marujo mais velho da Noruega vira algo semelhante até então. Baixáramos as velas antes da tormenta nos atingir, mas à primeira lufada nossos mastros tombaram, como se tivessem sido serrados — o principal levou consigo para o mar meu irmão caçula que, por precaução, havia se amarrado nele.

"Nosso barco era como uma pena a deslizar naquelas águas. Tinha o convés contínuo, com apenas uma pequena escotilha perto da proa. Costumávamos fechá-la sempre que estávamos para atravessar o Ström, para nos precaver dos mares encrespados. Não fosse por esse cuidado, teríamos afundado imediatamente, pois em alguns momentos a sumaca ficava completamente coberta pela água. Não sei como meu irmão mais velho escapou, nunca tive a oportunidade de me certificar. Quanto a mim, assim que baixei a vela de traquete, deitei no convés, com os pés contra a estreita borda da proa, agarrando firme um arganéu próximo ao pé do mastro. Fiz tudo isso por puro instinto, pois estava muito aflito para refletir direito, mas no fim das contas foi a melhor decisão.

"Como disse, em alguns momentos ficávamos completamente submersos e nessas ocasiões prendi o fôlego, segurando o arganéu. Quando não pude mais suportar, ajoelhei-me e, sem soltá-lo, consegui colocar a cabeça para fora. A sumaca então se sacudiu, como faz um cão saindo da água, livrando-se assim do mar. Eu estava tentando vencer o estado de estupor que me tomara para voltar a mim e definir o que precisava ser feito, quando senti alguém segurando meu braço. Era meu irmão mais velho, e meu coração pulou de alegria, pois achava que ele fora atirado ao mar também. Em questão de segundos, porém, minha alegria se converteu em pânico, pois meu irmão aproximou a boca do meu ouvido e gritou '*Moskoe-ström!*'.

"Ninguém jamais poderá imaginar o que senti naquele momento. Comecei a tremer da cabeça aos pés, como se ardesse em febre. Sabia muito bem o que aquela palavra significava, bem como o que ele queria dizer com ela. Estávamos indo em direção ao Ström, e nada poderia nos salvar!

"Sempre que atravessávamos o *canal* do Ström, passávamos bem ao largo do redemoinho, mesmo quando o tempo estava bom, e depois esperávamos com atenção pela calmaria. Mas daquela vez estávamos avançando direto rumo à voragem, e em pleno furacão! 'Se chegarmos lá durante a calmaria, ainda podemos ter alguma esperança', pensei, logo amaldiçoando minha tolice por acreditar que ainda havia alguma esperança. Sabia muito bem que estávamos condenados, mesmo que estivéssemos em um navio de guerra dez vezes maior do que nossa sumaca.

"A essa altura, a fúria da tempestade tinha se debelado, ou talvez não mais a sentíssemos com tanta força, pois avançávamos na sua direção de vento em popa. O mar, porém, que no início fora subjugado pelo vento e se mantivera espumante, mas sem ondas, agora se erguia em verdadeiras montanhas. O firmamento também sofreu uma brusca alteração. Continuava escuro em todas as direções, mas acima de onde estávamos surgiu uma abertura circular de céu claro — o mais claro que já vi na vida, de um azul fulgurante — por onde podíamos ver a lua cheia, resplandecente também, como eu jamais contemplei antes. Clareava tudo ao nosso redor, permitindo que enxergássemos com clareza. Mas, meu Deus, que cena não haveria de iluminar!

"Tentei falar com meu irmão uma ou duas vezes. No entanto, sem que eu pudesse compreender o porquê, o barulho aumentara tanto que não pude fazê-lo entender uma só palavra, mesmo berrando ao seu ouvido. Sacudindo a cabeça, lívido como um defunto, ele ergueu um dedo, como se dissesse: 'Ouça!'.

"No início, não compreendi, mas logo um pensamento atroz me ocorreu. Tirei meu relógio do bolso. Não funcionava. Ao fitá-lo à luz da lua, não pude controlar o choro e o lancei ao mar. Tinha parado às sete horas! Perdêramos a hora da calmaria, e o redemoinho do Ström turbilhonava em todo o seu furor!

"Quando um barco é bem construído, está mareado e não transporta carga muito pesada, as ondas durante um vendaval forte parecem deslizar para baixo de seu casco... o que parece estranho aos olhos dos leigos — mas que nós chamamos de 'cavalgada'.

"Ora, até ali tínhamos cavalgado bem as ondas, mas de repente uma vagalhão gigantesco nos atingiu por trás, carregando a sumaca enquanto se erguia mais e mais alto, como se quisesse subir aos céus. Era inacreditável que uma onda pudesse se elevar àquela altura. Então despencamos, deslizando rumo ao mergulho. Fiquei nauseado e tonto, como se tivesse caído do pico de uma montanha em sonhos. Enquanto estávamos no alto, porém, aproveitei para lançar uma rápida olhada ao nosso redor... e bastou um relance. Logo vi nossa posição exata. O redemoinho do Moskoe-ström estava a mais ou menos quatrocentos metros, logo à frente... mas não era o Moskoe-ström que estávamos acostumados a ver, assim como o redemoinho que você vê agora não passa de um mero moinho. Se eu não soubesse onde estávamos e o que esperar, não teria sequer reconhecido o lugar. Em pleno terror, fechei os olhos sem querer, apertando as pálpebras, como num movimento espasmódico.

"Não havia se passado mais de dois minutos quando, de repente, sentimos as ondas serenando, e a espuma nos envolveu. A sumaca virou bruscamente para bombordo e partiu, como um raio, nessa direção. No mesmo instante, o rugido ensurdecedor das águas foi abafado por um som estridente, como se a tubulação de milhares de embarcações soltasse seu vapor ao mesmo tempo. Estávamos no cinturão que costuma cercar o redemoinho e imaginei, é claro, que em um instante seríamos tragados pelo abismo cujo interior não conseguíamos enxergar direito, em razão da velocidade espantosa da corrente que nos impulsionava. O barco não parecia afundar, e sim planar como uma bolha de ar na superfície da onda. O redemoinho estava logo a estibordo, e a bombordo elevava-se o imenso oceano que deixáramos para trás e pairava como uma imensa muralha trêmula entre nós e o horizonte.

"Pode parecer estranho, mas, quando nos vimos nas garras da voragem, fiquei mais calmo do que estava durante o temerário percurso. Resignado, abandonara a esperança e abstraía assim o terror que até então me paralisava. Acho que foi o desespero que me causou tanto pânico.

"Não estou querendo me exibir, apenas relatando a mais pura verdade. Comecei a ponderar que morrer daquele jeito deveria ser algo formidável e quão tolo e mesquinho de minha parte era pensar apenas na minha vida, diante de uma manifestação tão espetacular do poder de Deus. Creio ter ruborizado de vergonha quando essa ideia cruzou minha mente. Fui então tomado por uma curiosidade profunda sobre o redemoinho em si. Experimentei um desejo genuíno de explorar suas profundezas, mesmo que para isso tivesse que sacrificar a própria vida. Meu maior desgosto era jamais poder relatar aos meus velhos amigos em terra firme os mistérios que estava prestes a desvendar. Admito que eram pensamentos extravagantes diante de uma situação tão extrema e, desde o episódio, já me ocorreu diversas vezes que a rotação do barco em volta do redemoinho pode ter me deixado um pouco tonto.

"O fim do vento, que não mais podia nos alcançar, foi outra circunstância que colaborou para que me acalmasse. Como você mesmo viu, o cinturão de espuma é muito mais baixo do que o leito do oceano, que se agigantava sobre nós como uma imensa crista negra e montanhosa. Quem nunca enfrentou um vendaval forte em alto-mar não pode fazer ideia da confusão mental provocada pelo vento e pelos esguichos de água, que nos cegam, nos ensurdecem e nos sufocam, nos impossibilitando de agir e de pensar. Estávamos, por fim, livres daqueles incômodos... como prisioneiros condenados à morte que desfrutam de pequenas mordomias, proibidas enquanto seus destinos ainda não estavam selados.

"Não sei dizer quantas vezes contornamos o cinturão. Giramos em grande velocidade por mais ou menos uma hora, voando mais do que flutuando, e nos aproximando cada vez mais do coração da tormenta, rumo à sua boca apavorante. Durante todo esse tempo, não larguei o arganéu por um único instante. Meu irmão estava na popa, agarrado a um volumoso barril de água vazio, que fora amarrado sob a almeida e era a única coisa no convés que resistira sem ser lançada ao mar quando fomos atingidos em cheio pelo vendaval. Quando viu que nos aproximávamos da beira do abismo, ele soltou o barril e se precipitou em direção ao arganéu. Em seu desespero, tentou soltar minhas mãos, pois não havia espaço para que dois se segurassem. O gesto do meu irmão me encheu da mais profunda tristeza, embora eu soubesse que ele não estava em perfeito juízo — enlouquecera de tanto pavor. Não contestei, porém, pois sabia que não faria muita diferença: deixei que ficasse com o arganéu e fui para o barril. Não tive dificuldade para alcançar a popa, pois a sumaca girava em uma velocidade constante e mantinha-se estável, balançando de um lado para o outro, ao sabor dos trancos da voragem. Mal havia me acomodado em meu novo posto quando um violento solavanco na embarcação nos precipitou de cabeça para o abismo. Improvisei uma apressada prece a Deus e considerei tudo encerrado.

"Enquanto sentia a vertigem nauseante da queda, agarrei-me instintivamente com mais força no barril e fechei os olhos. Por alguns segundos, não ousei abri-los, esperando a morte iminente, sem entender por que eu ainda não estava me debatendo contra as águas. Mas os minutos iam se passando, e eu continuava vivo. A sensação de queda cessara, e o movimento do barco era semelhante ao que experimentáramos quando presos no cinturão de espuma. A única diferença é que parecíamos mais retos. Tomei coragem e abri os olhos para contemplar a cena.

"Jamais vou me esquecer do misto de assombro, horror e admiração que senti naquele momento. A sumaca parecia pendurada, como por mágica, na superfície interior de um abismo de vasta circunferência e espantosa profundidade, cujas laterais eram tão lisas que pareciam feitas de ébano, não fosse pela rapidez estonteante com que rodopiavam e pelo fulgor cintilante e sinistro que emitiam — como os raios da lua cheia que escapavam pelo círculo entre as nuvens que descrevi — banhando as muralhas negras com um glorioso halo dourado que descia até as profundezas mais recônditas do abismo.

"No início, eu estava atordoado demais para prestar atenção nos detalhes. Discernia apenas a eclosão de fenomenal esplendor. No entanto, assim que me recompus um pouco, olhei para baixo. De onde estava, com o barco pendurado na superfície inclinada da voragem, pude ter uma visão mais nítida do abismo. O convés estava paralelo com a água, inclinado em um ângulo de quarenta e cinco graus, de modo que parecíamos estar adernando. Contudo, não pude deixar de notar que eu não tinha dificuldade para me manter firme e em equilíbrio, como se estivéssemos atravessando águas planas. Creio que isso se deu graças à velocidade com que rodopiávamos.

"Os raios da lua pareciam sondar o fundo do abismo, mas mesmo assim eu não conseguia vê-lo com clareza em razão de uma espessa névoa que envolvia tudo ao redor, sobre a qual pairava um esplêndido arco-íris — como a ponte estreita e cambaleante que os muçulmanos creem ser a única via entre o Tempo e a Eternidade. Essa névoa era, na certa, causada pela colisão das imensas muralhas do abismo ao se chocarem no fundo, e não ouso descrever os clamores que dela escapavam rumo aos céus.

"Nossa primeira queda, do cinturão de espuma rumo ao abismo, nos mergulhara bastante dentro da voragem, mas a segunda não foi tão profunda. Girávamos, mas não de modo uniforme, e sim em vertiginosos trancos que nos faziam despencar algumas centenas de metros

— quase completando, às vezes, o circuito do redemoinho. Nosso progresso rumo às profundezas era lento, mas bastante perceptível.

"Olhando ao redor da imensa muralha de líquido ébano que nos transportava, notei que nossa sumaca não era o único objeto capturado pelo abraço da voragem. Tanto acima como abaixo, havia fragmentos visíveis de embarcações, aglomerados de madeira de construção e troncos de árvores, bem como objetos menores como destroços de mobília, caixas quebradas, barris e bastões. Já mencionei a curiosidade singular que substituíra meu pânico; parecia se acentuar à medida que me aproximava cada vez mais do meu funesto destino. Passei a observar, com estranho interesse, os incontáveis objetos que flutuavam conosco. Devia estar delirando, pois cheguei a me divertir especulando a velocidade relativa dos objetos que desciam rumo à espuma lá embaixo. 'Esse abeto', calculei, 'vai ser a próxima coisa a ser tragada e a desaparecer.' Foi com muita frustração que testemunhei os destroços de um navio mercante holandês tomarem a dianteira e despencarem primeiro. Por fim, depois de ter feito uma série de conjecturas dessa natureza e me enganar em todas, atinei para um fato: meu invariável erro de cálculo, o que desencadeou um pensamento que fez meu corpo inteiro tremer e meu coração disparar de novo.

"Não era um novo pânico que me desconcertava, e sim o despertar de uma esperança. Nascia em parte de uma lembrança, e em parte do que observava à minha frente. Lembrei-me da infinidade de escombros que desaguavam na costa de Lofoden, após ter sido absorvidos e descartados pelo Moskoe-ström. Na maioria das vezes, ressurgiam despedaçados, tão destroçados e gastos que pareciam lascas e farpas. Mas recordei que alguns ressurgiam intactos. Não sabia explicar o motivo, mas supunha que os destroçados haviam sido completamente absorvidos pela voragem, enquanto os demais, tendo sido tragados pelo redemoinho em um período tardio da maré, haviam descido com mais vagar e só atingido o fundo na virada da corrente do fluxo ou do refluxo. Em ambas as hipóteses, julguei possível que pudessem regressar à superfície sem ter sofrido o mesmo destino dos tragados antes ou dos absorvidos mais depressa. Fiz três observações importantes. A primeira é que, em geral, quanto maior o objeto, mais rápida sua descida; a segunda: entre duas massas de dimensões equivalentes, havendo uma esférica e outra de qualquer outro formato, a esférica descia mais depressa; e a terceira: entre duas massas de tamanho equivalente, uma cilíndrica e outra de qualquer formato, a cilíndrica era absorvida mais devagar. Desde que escapei, conversei diversas vezes sobre o assunto com um velho professor da região, com quem aprendi a empregar as palavras 'cilíndrico' e 'esférico'. Ele me explicou, embora eu já não me recorde mais de sua explicação, como aquilo que observei foi, na verdade, a consequência natural dos formatos dos fragmentos que boiavam na superfície, e me mostrou como um cilindro, carregado por um vórtice, oferece mais dificuldade à sucção, sendo arrastado com maior resistência do que uma massa de igual volume, mas de outro formato.[2]

"Uma circunstância inusitada serviu para reforçar minhas observações, deixando-me porém ansioso para comprová-las: a cada rodopio, passávamos por um barril, uma verga despedaçada ou o mastro de uma embarcação; muitos desses objetos, que se encontravam no nosso nível quando abri meus olhos diante do espetáculo do redemoinho, estavam muito acima e pareciam ter se deslocado bem pouco em relação as suas posições originais.

"Não hesitei mais sobre o que deveria fazer. Prendendo-me ao barril em que até então me segurava, resolvi cortá-lo da almeida e me atirar no redemoinho. Tentei chamar atenção do meu irmão com vários gestos, apontando para os barris que boiavam ao nosso redor e tentando explicar o que estava prestes a fazer. Ele pareceu enfim entender o meu plano, mas balançou a cabeça muito aflito e se recusou a largar o arganéu. Era impossível forçá-lo a me seguir e, como a situação não admitia atraso, não pude mais esperar. Assim, com muita tristeza abandonei meu irmão à própria sorte. Amarrei-me ao barril utilizando as cordas que o prendiam na almeida e me lancei ao mar, sem mais um segundo de hesitação.

"O resultado foi precisamente o que eu esperava. Se estou aqui lhe contando esta história, é evidente que sobrevivi e, como você já sabe

---

[2] Ver Arquimedes, *De Incidentibus in Fluido*, livro 2. [Nota do Autor.]

de que modo consegui escapar e o que tenho a dizer, vou concluir depressa minha narrativa. Mais ou menos uma hora após ter me lançado da sumaca, vi que ela, tendo afundado bastante, girou três ou quatro vezes em rápida sucessão e, levando meu amado irmão, mergulhou de cabeça, de uma vez por todas, no caos de espuma lá embaixo. O barril a que me amarrara havia afundado menos da metade da distância entre o fundo do abismo e o local de onde eu pulara quando o redemoinho sofreu uma grande mudança. A inclinação de suas paredes laterais parecia diminuir, e as rotações tornavam-se gradualmente menos violentas. A espuma e o arco-íris desapareceram, e o fundo do abismo parecia estar se erguendo aos poucos. O céu estava claro, não havia mais vento e a lua cheia brilhava a oeste. Percebi então que estava na superfície do mar, diante da costa de Lofoden, no local onde se dera a voragem do Moskoe-ström. Era o momento da calmaria, mas o mar ainda se agitava, suspendendo-se em montanhosos vagalhões, efeitos remanescentes do furacão. Fui capturado para o canal do Ström e, em poucos minutos, arrastado pela costa até a zona pesqueira. Um barco me resgatou, exausto e (uma vez livre do perigo) mudo diante da lembrança de tamanho horror. A tripulação era composta por meus velhos camaradas, mas eles não me reconheceram mais do que a uma assombração. Meu cabelo, que na véspera era preto como as asas de um corvo, estava branco como agora você o vê. Também dizem que a expressão do meu rosto nunca mais foi a mesma. Contei toda a história, mas eles não acreditaram. Conto-a agora para você — mas duvido que confie mais nas minhas palavras do que os gaiatos pescadores de Lofoden."

A CAIXA OBLONGA

EDGAR ALLAN POE
1844

Há alguns anos, comprei passagem para a travessia de Charleston, Carolina do Sul, até Nova York no navio *Independence*, do capitão Hardy. Zarparíamos no dia 15 de junho, se o tempo estivesse bom; no dia 14, subi a bordo para realizar alguns preparativos em minha cabine.

Descobri que era esperado um expressivo número de passageiros, incluindo uma quantidade incomum de senhoras. Vários conhecidos meus estavam na lista e, entre outros nomes, fiquei contente de ver o do sr. Cornelius Wyatt, jovem artista por quem nutria sincera amizade. Estudáramos juntos na universidade C., onde convivêramos bastante. Ele tinha o temperamento habitual dos gênios: um misto de misantropia, sensibilidade e *élan*. Além disso, era dono do coração mais afetuoso e mais sincero que já pulsou em um peito humano.

Reparei que reservara três cabines e, consultando a lista dos passageiros, descobri que também comprara passagens para sua esposa e suas duas irmãs. As cabines eram bem espaçosas, e cada uma contava com dois leitos, um sobre o outro. É bem verdade que eram muito estreitos, capazes de acomodar apenas um passageiro, mas, mesmo assim, não entendi por que quatro pessoas precisavam de três cabines. Naquela época, encontrava-me em um desses estados de espírito que despertam no homem uma curiosidade anormal com trivialidades e confesso, envergonhado, que ocupei-me com uma variedade de conjecturas grosseiras e absurdas acerca desse excesso de cabines. Não era de minha conta, é claro, mas me dediquei com tenacidade a solucionar o enigma. Por fim, cheguei a uma conclusão tão simples que fiquei surpreso por não ter me ocorrido antes. "Ora, devem viajar com criados", pensei eu. "Que imbecilidade a minha não ter pensado em uma solução tão óbvia!" Fui examinar a lista outra vez, mas descobri que nenhuma criadagem acompanharia o grupo, embora, de fato, aquela fosse a intenção original — pois as palavras "e criada" haviam sido escritas e depois riscadas. "Decerto alguma bagagem extra", pensei então, "algo que ele não quer deixar no bagageiro e prefere manter sob suas vistas... ah, já sei, deve ser alguma pintura... e é por isso que anda de conversa com Nicolino, o judeu italiano." Satisfeito com essa suposição, deixei minha curiosidade temporariamente de lado.

Eu conhecia bem as irmãs Wyatt, duas moças muito afetuosas e inteligentes. No entanto, como o sr. Wyatt havia se casado há pouco, eu ainda não fora apresentado à sua esposa, embora já tivesse falado dela em minha presença, com seu habitual entusiasmo. Descrevera-a como incomparavelmente bela, divertida e prendada. Sendo assim, estava bastante ansioso para conhecê-la.

Quando visitei o navio (no dia 14), fui informado pelo capitão que Wyatt e seu grupo também estariam a bordo, naquele mesmo dia. Decidi esperar mais uma hora, na esperança de ser apresentado à esposa, mas recebi a seguinte mensagem: "A sra. W. está indisposta e só subirá a bordo amanhã, na hora de partirmos".

No dia seguinte, saía do hotel em direção ao cais quando encontrei com o capitão Hardy. Ele me avisou que, "por força das circunstâncias" (uma frase tola, mas conveniente), o *Independence* só zarparia dali a dois dias e que, quando tudo estivesse pronto, ele mandaria alguém me avisar. Estranhei, pois soprava uma brisa constante do sul; no entanto, apesar de minha insistência, ele não quis explicar quais eram as tais "circunstâncias", de modo que não tive opção senão voltar para o hotel e aplacar minha impaciência.

Quase uma semana se passou até que eu recebesse a esperada mensagem do capitão. Quando ela finalmente chegou, embarquei de imediato. O navio estava apinhado de passageiros, no típico alvoroço que antecede a partida. O grupo de Wyatt chegou dez minutos depois de meu embarque: as duas irmãs, a esposa e o artista, mergulhado em um dos seus contumazes humores misantrópicos. Acostumado que era ao seu temperamento, não me alarmei. Ele nem ao menos me apresentou sua esposa, gentileza que recaiu forçosamente à sua irmã Marian, moça muito doce e perspicaz, que em poucas palavras fez uma ligeira apresentação.

A sra. Wyatt estava coberta por um véu e, quando o ergueu, após minha reverência, confesso que tive um espanto profundo, espanto que seria ainda maior não tivessem os longos anos de experiência me ensinado a não confiar muito nas descrições entusiasmadas do meu amigo artista sobre os encantos de uma mulher. Quando o tema era beleza, sabia com que facilidade ele ascendia às alturas do puramente ideal.

A verdade é que não pude ignorar a feiura da sra. Wyatt. Se ela não era irremediavelmente feia, chegava bem perto. Ainda assim, estava muitíssimo bem-vestida, e logo supus que tivesse cativado o coração de meu amigo com atrativos mais duradouros, como intelecto e alma. Trocamos poucas palavras e ela logo se recolheu em sua cabine, acompanhada pelo marido.

Fui mais uma vez tomado pela minha velha curiosidade. Não haviam trazido criadagem, isso era certo. Apostei então na bagagem extra. Algum tempo depois, surgiu no cais uma carreta transportando uma caixa oblonga de pinho, supostamente tudo que faltava ser embarcado. Imediatamente após sua chegada, partimos e logo estávamos protegidos pelas grades do convés, contemplando o mar.

A caixa em questão era, como já disse, oblonga. Tinha aproximadamente um metro e oitenta de comprimento, e setenta e seis centímetros de largura; examinei-a de perto e gosto de ser exato. Ora, o formato era peculiar e, assim que a vi, congratulei-me pela precisão do meu palpite. Cabe lembrar que concluíra que a bagagem extra do meu amigo artista só poderia ser composta por quadros ou, pelo menos, por um quadro, pois eu sabia que andava em tratativas com Nicolino havia várias semanas. A julgar pelo tamanho e pelo formato da caixa, logo deduzi que continha uma cópia de *A última ceia*, de Leonardo da Vinci, pois sabia que uma cópia desse quadro, feita pelo jovem Rubini de Florença, estava havia algum tempo com Nicolino. Dei-me por satisfeito, sem conseguir conter a risada sempre que refletia sobre minha perspicácia. Foi a primeira vez que Wyatt ocultou de mim um de seus segredos artísticos; ele obviamente pretendia me passar a perna e contrabandear uma pintura daquele porte para Nova York, debaixo do meu nariz, sem que eu soubesse. Decidi interrogá-lo na primeira oportunidade.

Um detalhe, no entanto, me perturbou um pouco. A caixa não foi armazenada na cabine extra, e sim na de Wyatt. Lá ficou, ocupando quase todo o chão, sem dúvida incomodando o artista e sua esposa — sobretudo porque o alcatrão ou a tinta usada para pintar as letras em sua tampa exalava um pungente, desagradável e, na minha opinião, repugnante odor. Trazia as seguintes palavras na tampa: "Sra. Adelaide Curtis, Albany, Nova York. Aos cuidados do Ilmo. Cornelius Wyatt. Este lado para cima. Frágil".

Eu sabia que a sra. Adelaide Curtis, de Albany, era a mãe da esposa do artista, mas detectei naquela inscrição uma farsa destinada a me despistar. Estava certo de que a caixa e seu conteúdo jamais passariam do estúdio do meu misantrópico amigo, na Chambers Street, em Nova York.

Nos primeiros três ou quatro dias, o tempo se manteve bom e seguimos a favor do vento, que mudara sua direção para o norte assim que saímos da costa. Os passageiros, consequentemente, estavam bem-dispostos e sociáveis, com exceção de Wyatt e suas irmãs, que se portavam com frieza e, penso eu, descortesia com os demais. O comportamento de Wyatt não me surpreendia. Estava mais melancólico do que de costume, taciturno, eu diria, mas me habituara às suas excentricidades. Já a conduta das irmãs era inescusável. Permaneceram trancafiadas em sua cabine durante a maior parte da travessia, recusando-se obstinadamente — a despeito de meus insistentes apelos — a interagir com uma pessoa sequer a bordo.

Já a sra. Wyatt era o oposto: gostava de uma boa conversa e a tagarelice é uma grande virtude em alto-mar. Ela se tornou bastante íntima da maioria das senhoras a bordo e, para minha surpresa, demonstrou uma disposição pouco dissimulada para coquetear com os homens. Ela nos divertia muito. No início, não soube explicar direito o motivo dessa "diversão", mas logo me dei conta de que riam mais *da* sra. Wyatt do que *com* ela. Os cavalheiros pouco comentavam a seu respeito, mas as senhoras logo a julgaram "uma boa alma, despida de atrativos, totalmente ignorante e absolutamente vulgar". O grande mistério era compreender por que Wyatt caíra naquela armadilha. A primeira resposta que ocorria era: "por dinheiro", mas eu sabia bem que não se tratava disso, pois o próprio Wyatt me dissera que a esposa não tinha um centavo e não esperava receber nenhuma herança. Segundo ele, casara "por amor, tão somente por amor", e sua amada "era mais do que merecedora de seu sentimento". Ao me recordar de tais declarações do meu amigo, confesso que fiquei bastante intrigado. Acaso estaria perdendo o juízo? Que outro motivo poderia existir, então? Ele, um homem tão sofisticado, um intelectual tão exigente, com percepção tão aguçada das imperfeições e apreciação tão apurada da beleza! A dama, verdade seja dita, parecia tê-lo em alta estima — sobretudo em sua ausência, quando se fazia ridícula pontuando suas frases com "meu amado marido, o sr. Wyatt".

A palavra "marido" parecia estar sempre — para usar uma das refinadas expressões dela — "na ponta de sua língua". No entanto, todos a bordo perceberam que ele a evitava descaradamente. Passava a maior parte do tempo metido em sua cabine, de onde não saía por nada, deixando a esposa livre para se entreter como bem entendia em público.

Concluí, então, pelo que vi e ouvi, que o artista, por inexplicável revés do destino ou pela irrupção de paixão avassaladora, fora levado a se comprometer com uma pessoa muito abaixo de seu nível e que era agora refém de um absoluto repúdio, a consequência natural dessa união. Tive pena dele, do fundo do coração, mas não pude perdoar seu silêncio em relação à *A última ceia*. Sendo assim, decidi me vingar.

Um dia, quando ele apareceu no convés, tomei-o pelo braço, como tinha o costume de fazer, e pus-me a caminhar com ele de um lado para o outro. No entanto, sua melancolia (que eu já tomava como bastante natural, devido às circunstâncias) parecia inabalável. Falou bem pouco, muito desanimado e com evidente esforço. Arrisquei uma piada ou outra e ele tentou, lastimavelmente, retribuir um sorriso. Pobre coitado! Pensando em sua esposa, admirava-me que conseguisse sequer forjar alegria. Decidi começar uma série de insinuações veladas e indiretas sobre a caixa oblonga, para que percebesse, aos poucos, que eu estava longe de ser alvo fácil, uma vítima incauta de seu embuste. Comecei minha investida com um comentário sobre o "peculiar formato da caixa" e, ao pronunciar essas palavras, sorri, dei uma piscadela e pressionei meu dedo indicador gentilmente em suas costelas.

O modo como Wyatt reagiu ao meu inofensivo gracejo me convenceu, de imediato, que estava louco. Primeiro, encarou-me como se o tom espirituoso de meu comentário lhe fosse incompreensível. No entanto, à medida que a informação foi sendo assimilada pelo cérebro, passou a arregalar os olhos. Um rubor violento se espalhou então pelo seu rosto, seguido por uma palidez medonha e depois, como se minha insinuação fosse motivo de riso, ele explodiu em uma gargalhada sonora que, para meu assombro, tornou-se mais e mais vigorosa e durou dez minutos ou mais. Por fim, tombou pesadamente sobre o convés. Acorri para levantá-lo e constatei que parecia morto.

Chamei ajuda e, com muita dificuldade, conseguimos fazer com que recobrasse os sentidos. Ao voltar a si, murmurou palavras incoerentes. Decidimos então fazer uma sangria e o levamos para a cama. Na manhã seguinte, parecia ter recuperado pelo menos a saúde física. Quanto à mental, não saberia dizer. Evitei-o durante todo o resto da travessia, seguindo o conselho do capitão que, assim como eu, desconfiava da sanidade do artista, mas me advertiu a não comentar o assunto com mais ninguém a bordo.

Diversas circunstâncias se deram na esteira desse acesso de Wyatt e contribuíram para aumentar a curiosidade que já me possuía. Entre outras coisas, eu andava nervoso, bebia muito chá verde e dormia muito mal à noite — na verdade, passara duas noites em claro. Minha cabine dava para o salão principal, o refeitório, assim como as dos demais solteiros a bordo. As três cabines reservadas por Wyatt ficavam em outra área, separada do salão principal apenas por uma porta de correr que jamais era trancada, nem mesmo à noite. Como avançávamos na direção do vento e a brisa não estava muito firme, o navio vez por outra se inclinava a sota-vento e, sempre que isso se dava a estibordo, a porta de correr entre as cabines se abria e assim permanecia, sem que ninguém se desse o trabalho de fechá-la. Minha cama, porém, se posicionava de tal maneira que, quando a porta de minha cabine estava aberta, assim como a porta de correr (e eu nunca fechava minha porta, por causa do calor), eu conseguia espiar justamente a área onde ficavam os aposentos do sr. Wyatt. Pois bem, durante duas noites (não consecutivas) de insônia, distingui com clareza a sra. Wyatt, por volta das onze horas da noite, sair furtivamente da cabine do sr. W. e entrar na cabine extra, onde permanecia até o dia seguinte, quando, ao raiar do sol, era chamada pelo marido e regressava. Não restava dúvida de que estavam praticamente separados. Sequer dividiam a mesma cabine — na certa, já contemplavam um divórcio e, eis, pensei eu, a solução para o mistério da acomodação extra.

Havia outra circunstância que também despertara meu interesse. Durante minhas duas noites insones, logo após a entrada da sra. Wyatt na cabine extra, sons abafados vindos do leito de seu marido chamaram minha atenção. Após ouvi-los por algum tempo e me esforçar para captá-los com precisão, consegui decifrá-los: provinham do artista abrindo a caixa oblonga com um cinzel e um martelo — o som deste parecia abafado, como se a cabeça da ferramenta tivesse sido embrulhada em tecido de lã ou algodão.

Julguei distinguir o momento exato em que ele soltou a tampa, a removeu e, por fim, depositou a tampa sobre a cama de baixo em sua cabine (deduzi esse último movimento graças às leves batidas da tampa contra as quinas de madeira da cama, enquanto ele se esforçava para apoiá-la com muito cuidado), pois não havia espaço no chão. Depois, fez-se silêncio profundo e, nas duas noites, não ouvi mais nada até o amanhecer, exceto um discreto soluço ou suspiro, tão abafado que era quase inaudível — na verdade, sequer descarto a possibilidade desse som ter sido produto de minha imaginação. Disse que parecia soluço ou suspiro, mas é claro que pode ter sido nem uma coisa nem outra. Acho que foi apenas uma impressão mesmo. Certamente o sr. Wyatt apenas se entretinha com um de seus passatempos, deixando-se levar por um de seus acessos de exaltação artística. Abrira a caixa oblonga para que o tesouro armazenado nela pudesse regalar seus olhos. Não havia nada que o fizesse soluçar dentro da caixa, de modo que, repito, minha imaginação deve ter me pregado uma peça, talvez influenciada pelo chá verde do bom capitão Hardy. Nas duas referidas noites, pouco antes do amanhecer, ouvi com nitidez o som do sr. Wyatt encaixando a tampa de volta e restituindo os pregos aos seus devidos lugares em mudas marteladas. Concluída a tarefa, ele saiu da cabine, todo vestido, e foi chamar a sra. Wyatt na outra acomodação.

No mar havia sete dias, atravessávamos o cabo Hatteras quando fomos atingidos por um violento vento sudoeste. Como o tempo já ameaçava virar, estávamos de certo modo preparados para isso. Tudo foi ajustado, embaixo e em cima e, à medida que o vento ganhava força, recolhemos velas e ficamos, por fim, na mezena e no traquete, ambas em duplos rizes.

Assim prosseguimos em segurança por quarenta e oito horas, sem que uma quantidade significativa de água invadisse o navio, que se mostrou uma excelente embarcação sob vários aspectos. Ao terceiro dia, porém, o vendaval se transformou em um furacão, e nossa vela de popa foi destroçada, mergulhando-nos no cavado do mar, de tal maneira que recebemos a fúria de sucessivas e portentosas ondas, uma atrás da outra. Nesse acidente, perdemos três homens, a cozinha e quase todas as amuradas a bombordo. Mal havíamos nos recuperado quando a gávea do traquete se despedaçou; içamos uma vela de estai e assim avançamos por algumas horas, com o navio enfrentando o mar com mais estabilidade do que antes.

No entanto, o vendaval continuava firme, sem dar sinais de serenar. Descobriram que o cordame estava mal ajustado e retesado em demasia; no terceiro dia de intempérie, por volta das cinco da tarde, nosso mastro de mezena, em uma guinada violenta a barlavento, tombou. Por uma hora, ou mais, tentamos em vão nos livrar dele, pois o peso desestabilizava o navio. Ainda estávamos assim ocupados quando o carpinteiro veio à popa anunciar que a água no porão já passava de um metro e vinte de altura. Para agravar ainda mais a situação, descobrimos que as bombas estavam entupidas e praticamente inúteis.

O caos e o desespero tomaram conta de todos. Lutamos para aliviar o navio, lançando ao mar toda carga que pudemos alcançar e cortando os dois mastros restantes. Tivemos êxito, por fim, embora ainda não soubéssemos o que fazer para desentupir as bombas. Nesse ínterim, a água continuou inundando o navio sem trégua.

A violência do vendaval só diminuiu ao entardecer e, com o mar se aplainando, renovamos nossas tênues esperanças de escapar em segurança com os escaleres. Às oito da noite, as nuvens dispersaram-se a barlavento, nos oferecendo a vantagem de uma lua cheia — um sopro de sorte que logrou em revigorar nossos abatidos ânimos.

Foi com inacreditável esforço que conseguimos enfim descer um bote ao mar sem percalços, carregando toda a tripulação e a maioria dos passageiros. Esse grupo partiu sem perder um segundo e, após muitos reveses, chegou a salvo na enseada de Ocracoke, três dias após o desastre.

Catorze passageiros, incluindo o capitão, permaneceram a bordo, dispostos a confiar a sorte no escaler da popa. Conseguimos descê-lo sem dificuldade, embora apenas por verdadeiro milagre não afundou ao tocar a água. Iam nele o capitão e sua esposa, o sr. Wyatt e seus familiares, um oficial mexicano, a esposa e os quatro filhos, e eu, com um criado negro.

Não havia espaço, é claro, para nada — partimos somente com os instrumentos mais essenciais, algumas provisões e a roupa do corpo. Nenhum de nós sequer cogitara salvar algum pertence. Qual não foi o espanto de todos quando, já à distância de algumas braças do navio, o sr. Wyatt se ergueu na popa do escaler e exigiu friamente ao capitão Hardy que voltássemos para buscar sua caixa oblonga!

"Sente-se, sr. Wyatt", respondeu o capitão, com firmeza. "O senhor vai acabar fazendo o barco virar se não permanecer quieto. Nossa amurada já está quase dentro d'água."

"A caixa!", bradava o sr. Wyatt, ainda de pé. "A caixa! Capitão Hardy, o senhor não pode, o senhor não vai recusar meu pedido. É levinha, quase não pesa, um peso de nada. Pelo amor de sua mãe, por tudo que há de mais sagrado, pela sua esperança de salvação, imploro que volte para buscar minha caixa!"

O capitão pareceu momentaneamente tocado pelo apelo sincero do artista, mas logo recuperou sua compostura sisuda e limitou-se a dizer: "Sr. Wyatt, o senhor perdeu o juízo. Não vou lhe dar ouvidos. Sente-se, eu lhe ordeno, ou vai virar o barco! Espere! Segurem! Segurem este homem! Ele está prestes a pular! Pronto... eu sabia... está perdido".

Enquanto o capitão dizia tais palavras, o sr. Wyatt de fato pulou do barco e, como estávamos ainda a sota-vento do navio, conseguiu com um esforço quase sobre-humano agarrar uma corda que pendia da proa. Não tardou para que o víssemos a bordo, abalando-se exaltado para a cabine. Enquanto isso, arrastados a sota-vento, estávamos à mercê do mar, ainda revolto. Fizemos um esforço para controlar o barco, mas ele parecia uma pena ao sabor da tempestade. Vimos então que o destino do desventurado artista estava selado.

Conforme nos distanciávamos cada vez mais do navio, vimos o louco (pois só podia ter enlouquecido) surgir da escotilha e, empreendendo força que parecia gigantesca, empurrar com o corpo a caixa oblonga. Enquanto contemplávamos, atônitos, a cena, vimos o sr. Wyatt enrolar depressa uma corda de pouco mais de oito centímetros primeiro em volta da caixa, e em seguida em seu próprio corpo. Logo depois, estavam ambos no mar e assim desapareceram — imediatamente e para sempre.

Pesarosos, ficamos por um instante com os remos imóveis e os olhos vidrados no local onde ele fora tragado pelo mar. Em seguida, retomamos nosso curso e, durante uma hora, ninguém disse uma única palavra. Por fim, arrisquei um comentário:

"Capitão, o senhor reparou como o sr. Wyatt afundou depressa? Achei bastante peculiar... Confesso que nutri a vã esperança de que ele fosse conseguir se salvar quando o vi se amarrando à caixa antes de se lançar no oceano."

"Claro que afundaram", retrucou o capitão, "certeiros como uma âncora. Mas logo vão submergir outra vez, assim que o sal derreter."

"O sal?", indaguei.

"Shhh", fez o capitão, apontando para a esposa e as irmãs do morto. "Deixemos essa prosa para uma ocasião mais oportuna."

Pelejamos muito e escapamos por pouco, mas a sorte nos amparou, assim como aos nossos companheiros do bote. Aportamos sãos e salvos, embora mais mortos do que vivos, após quatro dias de muito sofrimento em uma praia da ilha Roanoke. Lá permanecemos por uma semana, sem que os aproveitadores de naufrágios nos maltratassem, até conseguirmos enfim uma passagem para Nova York.

Um mês após o desastre com o *Independence*, encontrei o capitão Hardy na Broadway, por acaso. Acabamos, naturalmente, comentando o ocorrido, sobretudo o triste destino do pobre Wyatt. Foi então que soube dos seguintes detalhes.

O artista comprara passagens para ele, a mulher, as duas irmãs e uma criada. Sua esposa era, de fato, tal como ele descrevera: uma mulher adorável e muito prendada. Na manhã do dia 14 de junho (data de minha primeira visita ao navio), a moça adoeceu de repente e morreu. O jovem marido ficou dilacerado de dor, mas as circunstâncias o impediam de adiar sua viagem para Nova York. Ele precisava levar o corpo de sua adorada esposa para a mãe da moça, mas sabia muito bem que não poderia fazer isso ostensivamente, sob o risco de causar transtornos: em cada dez passageiros, nove prefeririam abandonar o navio a viajar com um cadáver a bordo.

Diante desse dilema, o capitão Hardy providenciou para que o corpo fosse parcialmente embalsamado e depois armazenado com farta quantidade de sal em uma caixa com as dimensões adequadas, a ser embarcada como mercadoria. Nada seria dito acerca da morte da moça e, como já havia sido anunciado que o sr. Wyatt comprara passagem para sua esposa, precisaram arrumar alguém que representasse esse papel durante a viagem. Não foi difícil persuadir a criada da falecida a assumir sua identidade. A cabine extra, destinada à mocinha enquanto sua patroa ainda estava viva, foi mantida, e era nela que a falsa esposa dormia todas as noites. Durante o dia, esforçava-se para representar o melhor que podia o papel da patroa — que, após minuciosas investigações, descobriram não ser conhecida por nenhum dos passageiros a bordo.

Meu mal foi dar vazão ao meu temperamento descuidado, curioso e impulsivo. Ultimamente, é raro que consiga dormir bem à noite. Quando fecho os olhos, sou assombrado pelo rosto do artista, e sua risada histérica há de ecoar para sempre em meus ouvidos.

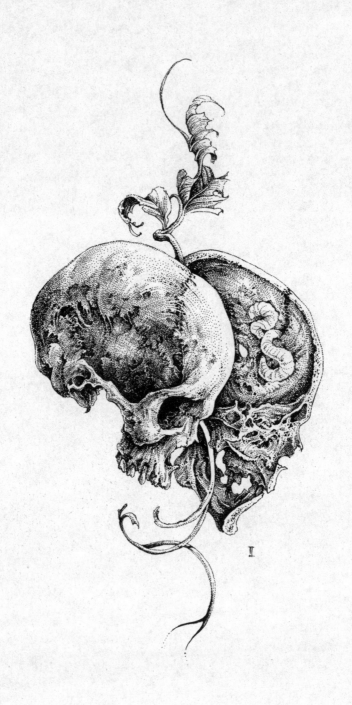

◀ NO LIMIAR DA MORTE ▶

O ENTERRO PREMATURO

EDGAR ALLAN POE
1844

Determinados temas despertam o interesse geral, mas são tenebrosos demais para ser abordados pela ficção. O romancista deve evitá-los, se não quiser ofender ou desagradar quem o lê. Tais temas somente são palatáveis quando sublimados pela gravidade e pela imponência da verdade. Vibramos, por exemplo, com mórbida curiosidade diante dos relatos da passagem do Beresina, do terremoto de Lisboa, da peste em Londres, do massacre de São Bartolomeu ou do sufocamento dos cento e vinte e três prisioneiros na Caverna Negra em Calcutá. No entanto, nesses relatos, o que cativa são os aspectos factuais, verídicos, históricos. Enquanto invenções, seriam simplesmente repudiados.

Citei algumas das calamidades mais notáveis e mais célebres já registradas; no entanto, em todas elas, é a dimensão e não a natureza da catástrofe o que tão vividamente captura nossa imaginação. Não preciso lembrar ao leitor que, do extenso e bizarro catálogo de misérias humanas, eu poderia ter escolhido exemplos individuais mais repletos de sofrimento do que qualquer uma dessas vastas tragédias generalizadas. A verdadeira desgraça, de fato — o supremo infortúnio — é singular, não plural. É graças à misericórdia divina que os terríveis extremos do sofrimento são suportados pelo indivíduo, e não pela massa!

Ser enterrado vivo é, sem dúvida, o mais terrível desses extremos a recair sobre os meros mortais. Contudo, ninguém em sã consciência haverá de negar que isso ocorre com frequência, com espantosa frequência. Os limites que separam a vida da morte são, na melhor das hipóteses, obscuros e vagos. Quem poderá dizer onde uma termina e onde começa a outra? Sabemos existir doenças que fazem parecer que as funções vitais cessaram por completo, quando o que ocorre na verdade é somente uma suspensão, propriamente dita. São apenas pausas temporárias em um mecanismo incompreensível. Após determinado período, algum elemento invisível e misterioso torna a movimentar a mágica engrenagem. O cordão de prata não foi rompido para sempre, a taça de ouro não foi irreparavelmente quebrada. Mas, nesse ínterim, para onde vai a alma?

No entanto, fora a conclusão inevitável de que, *a priori*, tais causas devem produzir seus efeitos — que a notória ocorrência desses casos de suspensão das funções vitais deve causar, de tempos em tempos, sepultamentos prematuros —, fora essa consideração, temos o testemunho direto, oriundo da experiência de médicos e leigos, para provar que vasto número de tais sepultamentos ocorreu de fato. Posso citar, se necessário, uma centena de casos bem documentados. Um dos mais extraordinários, que ainda pode estar fresco na memória de alguns daqueles que me leem, aconteceu não faz muito tempo nos arredores de Baltimore, provocando uma comoção dolorosa, intensa e de amplo alcance. A esposa de um dos cidadãos mais honrados da cidade — um eminente advogado, membro do Congresso — foi subitamente acometida por uma doença inexplicável, que desafiou a capacidade de seus médicos. Após muito sofrimento, ela morreu — ou aparentou estar morta. Ninguém suspeitou, ou tinha motivos para suspeitar, que ela não o estivesse de fato, pois apresentava todos os sinais habituais da morte. Seu rosto adquiriu os característicos traços cadavéricos.

Os lábios exibiam a esperada lividez marmórea. Os olhos embaçados. O corpo não tinha calor algum; os batimentos cardíacos haviam cessado. Durante os três dias em que seu corpo foi preservado insepulto, adquiriu uma rigidez pétrea. Por fim, apressaram o funeral, devido ao rápido avanço do que se supunha ser a decomposição do cadáver.

A dama foi sepultada no mausoléu da família, que então, por três anos seguidos, permaneceu fechado. Decorrido esse período, foi aberto para receber novo sarcófago, mas que tenebroso choque aguardava o marido! Ao escancarar os portais, foi surpreendido por um objeto branco que despencou em seus braços. Era o esqueleto de sua esposa, com a mortalha ainda intacta.

Uma investigação minuciosa revelou que ela despertara nos dois dias que se sucederam ao sepultamento. Lutando para se libertar, provocara a queda do caixão que, ao despencar de onde fora depositado, se quebrara, permitindo que escapasse. A lâmpada cheia de óleo estava vazia; supunha-se, contudo, que ele tivesse evaporado naturalmente. Na parte superior dos degraus que conduziam à temerária câmara, havia um pedaço maior do caixão; ao que parece, munida desse fragmento, ela tentou pedir socorro, batendo na porta de ferro. Era provável que durante tal esforço tenha desmaiado ou possivelmente até morrido, tomada do mais puro terror. Ao tombar, prendera a mortalha em algum detalhe saliente da porta de ferro e, assim, ereta, permanecera até se decompor.

Em 1810, houve um caso de sepultamento prematuro na França cujas circunstâncias nos levam a endossar a crença de que a verdade é, de fato, mais estranha do que a ficção. A heroína da história era certa mademoiselle Victorine Lafourcade, moça de família ilustre, que possuía fortuna e grande beleza. Entre seus numerosos pretendentes, estava Julien Bossuet, um pobre *littérateur*, jornalista parisiense. Talentoso e amável, chamara atenção da herdeira, que parecia nutrir por ele amor genuíno. No entanto, movida por uma soberba decorrente de seu nascimento nobre, acabara por rejeitar o rapaz para se casar com monsieur Rénelle, eminente banqueiro e diplomata. Após o casamento, contudo, o cavalheiro passou a negligenciá-la ou, para ser mais preciso, a maltratá-la. Tendo passado anos miseráveis com o marido, ela por fim faleceu — ou ao menos quedou-se em estado tão semelhante à morte que enganou todos que a viram. Foi enterrada não em um mausoléu, mas em uma sepultura comum, em sua aldeia natal. Desesperado e ainda abrasado pela lembrança de um vínculo profundo, o antigo pretendente viajou da capital para a remota província onde ficava o vilarejo, com o objetivo romântico de exumar o cadáver para se apossar de suas exuberantes madeixas. Chegando ao túmulo, à meia-noite desenterrou o caixão, abriu a tampa e justamente quando estava cortando o cabelo de sua amada ela abriu os olhos. A moça, na verdade, fora enterrada viva. Suas funções vitais ainda não haviam cessado por completo, e as carícias de seu amado a despertaram do estado letárgico que fora confundido com a morte. Tomado por afã frenético, ele a levou para seus aposentos na aldeia, onde lançou mão de seu considerável conhecimento médico para restaurá-la à vida. Por fim, teve êxito. A moça reviveu e reconheceu seu salvador. Permaneceu sob seus cuidados até, aos poucos, recuperar a saúde. Não tinha um coração inflexível, e essa última lição de amor serviu para abrandá-lo de vez; ela entregou seu afeto a Bossuet. Não voltou mais para o marido e, ocultando dele sua ressurreição, fugiu para os Estados Unidos com seu amado. Vinte anos depois, os dois regressaram à França, convictos de que a aparência da dama estava de tal modo alterada que nenhum dos seus antigos amigos seria capaz de reconhecê-la. Enganaram-se, contudo: já na primeira ocasião, monsieur Rénelle a reconheceu e exigiu que retomassem o casamento. Ela resistiu e o caso, levado aos tribunais, teve um desfecho favorável. Foi decidido que as circunstâncias peculiares e os longos anos de ausência haviam extinto, equitativa e legalmente, a autoridade do marido.

A *Revista Cirúrgica* de Leipzig, um periódico de suprema autoridade e mérito que algum editor norte-americano deveria traduzir e publicar, registrou em um número recente uma ocorrência inquietante da natureza em questão.

Um oficial de artilharia, homem de gigantesca estatura e porte robusto, ao ser derrubado por um cavalo arredio, sofreu uma contusão muito grave na cabeça, que o paralisou de imediato; o crânio foi fraturado, mas ele não corria risco iminente de morrer. Realizaram uma trepanação bem-sucedida; empregaram sangrias e outros meios habituais de recuperação. Ele, no entanto, mergulhava cada vez mais em um estado irremediável de estupor, até ser, finalmente, dado como morto.

Fazia muito calor e foi enterrado com indecorosa pressa em um cemitério público. O funeral foi em uma quinta-feira. No sábado seguinte, o cemitério estava, como de costume, apinhado de visitantes. Por volta de meio-dia, a declaração de um camponês gerou intensa comoção: ele contou que, estando sentado no túmulo do oficial, sentiu a terra se mexer, como se houvesse alguém se revirando *lá embaixo*. Inicialmente, ninguém deu muita atenção ao seu relato, mas seu visível terror e a obstinada insistência com que repetia a história acabaram convencendo a multidão. Às pressas, buscaram pás, e a cova, vergonhosamente rasa, foi escavada em questão de minutos, revelando a cabeça do sepultado. Ele parecia morto, mas estava sentado, quase ereto, em seu caixão — cuja tampa fora erguida parcialmente pelos seus esforços desesperados.

Levado sem demora ao hospital mais próximo, foi declarado vivo, embora em estado de asfixia. Após algumas horas, reviveu, distinguiu alguns conhecidos e, em frases entrecortadas, contou sua aflição no túmulo.

Pelo seu relato, ficou claro que deve ter permanecido consciente por mais de uma hora sepultado, antes de perder os sentidos. O túmulo fora descuidadamente preenchido com terra porosa em excesso, permitindo assim a entrada de ar. Como ouvira os passos acima do túmulo, lutou para se fazer escutar também. Segundo ele, fora justamente o movimento no cemitério que o despertara de um sono profundo e, uma vez acordado, tomou plena consciência do horror de sua situação.

De acordo com registros, esse paciente passava bem e parecia estar convalescendo rumo à plena recuperação, mas foi vítima de médicos charlatões. Após um experimento com bateria galvânica, morreu de súbito em um dos violentos espasmos que ela ocasionalmente provoca.

A menção à bateria galvânica me traz à memória outro notável caso, muito conhecido, em que sua aplicação reavivou um jovem advogado londrino, sepultado dois dias antes. Isso ocorreu em 1831 e o caso, sempre que citado, ainda provoca acalorados debates.

O paciente, o sr. Edward Stapleton, aparentemente morrera de febre tifoide, acompanhada por sintomas anômalos que despertaram a curiosidade de seus médicos. Após o aparente óbito, eles solicitaram aos amigos que autorizassem um exame *post mortem*, o que não foi aceito. Como costuma acontecer nesses casos, quando há recusa, os médicos decidiram desenterrar o corpo e dissecá-lo em segredo. Após um trato, feito sem dificuldade com alguns dos inúmeros ladrões de cadáveres que abundam em Londres, o suposto morto foi desenterrado na terceira noite após o funeral; removeram-no de uma cova com dois metros e meio de profundidade e o levaram para a sala de cirurgias em um hospital particular.

Os médicos já haviam feito uma incisão no abdome quando a aparência do sujeito (que não apresentava nenhum sinal de decomposição) instigou-os a aplicar a bateria. Fizeram experimentos sucessivos, com os efeitos habituais, mas sem nada que caracterizasse — exceto em uma ou duas ocasiões — algum sinal inequívoco de função vital nas reações espasmódicas do paciente.

A hora já ia avançada e o dia estava prestes a clarear quando decidiram proceder o quanto antes com a dissecação. Um estudante, porém, desejando testar uma de suas teorias, insistiu para que aplicassem a bateria em um dos músculos peitorais.

Um fio foi rapidamente colocado em um talho aberto no seu peito e o paciente, com movimento ligeiro, mas natural, ergueu-se da maca, caminhou até o meio da sala, olhou atônito ao redor e, por fim, falou. Disse algo ininteligível, mas, não obstante, pronunciou palavras em distinta silabação antes de tombar pesadamente no assoalho.

Por alguns instantes, o assombro paralisou os médicos. O caráter emergencial do caso, contudo, fez com que prontamente recuperassem a presença de espírito. Constataram que o sr. Stapleton estava vivo, apenas desmaiado. Exposto ao éter, logo recobrou os sentidos e não tardou para que, com a saúde restabelecida, voltasse a desfrutar do convívio dos amigos — que só tomaram conhecimento de sua ressurreição quando já não havia mais riscos de uma recaída. Pode-se imaginar com que espanto e avassaladora surpresa eles não reagiram ao relato.

A peculiaridade mais empolgante desse incidente, no entanto, está em uma declaração do próprio sr. S. Ele relatou que em nenhum momento esteve de todo inconsciente — afirmou que, ainda que de modo embotado e confuso, teve ciência de tudo o que se passava, do momento em que foi dado como morto pelos médicos até o desmaio no hospital. "Estou vivo" eram as palavras incompreensíveis que, em seu desespero, se esforçou para pronunciar ao reconhecer a sala de cirurgia.

Não seria difícil relatar aqui múltiplos casos como esses, mas não é essa a minha intenção; não precisamos disso para provar que enterros prematuros acontecem de fato. Quando refletimos quão raramente, devido à sua natureza, temos o poder de detectá-los, somos obrigados a admitir que devem ocorrer *com frequência*, sem que tenhamos conhecimento. Na verdade, em qualquer cemitério que se faça uma varredura — por qualquer motivo e independentemente da dimensão da área inspecionada — é raro não encontrar esqueletos em posições que sugerem a mais terrível das suspeitas.

A suspeita é deveras terrível — mas ainda mais terrível é tal desfecho! Pode-se afirmar, sem hesitação, que *nenhum* acontecimento é capaz de inspirar tamanho desespero físico e mental como ser enterrado vivo. A insuportável pressão nos pulmões; os vapores asfixiantes da terra úmida; a mortalha sufocante; o confinamento do caixão; a escuridão da noite absoluta; a submersão do silêncio; a presença invisível, mas palpável, do Verme Vencedor — tudo isso somado à ânsia pelo ar fresco e pela relva lá em cima, à lembrança de amigos queridos que se apressariam em nos salvar se soubessem de nosso destino e à consciência de que jamais poderão ser informados a respeito, de que nossa pobre sina é a mesma dos que estão mortos de verdade — tais considerações, como estava dizendo, enchem o coração ainda palpitante do enterrado vivo com um horror tão tenebroso e tão intolerável que é capaz de lotar de pavor até mesmo a mente mais corajosa. Não há maior angústia na Terra — não podemos cogitar que algo possa ser tão hediondo nem mesmo nas profundezas do inferno. Sendo assim, todas as narrativas sobre esse tema despertam um interesse profundo — interesse tal que, não obstante (pelo sagrado temor que o próprio assunto inspira), depende de nossa convicção de que a história narrada seja *real*. O que vou relatar a seguir é algo que vivenciei; minha própria experiência, concreta e pessoal.

Por diversos anos, estive sujeito a ataques de uma doença singular que os médicos convencionaram chamar de catalepsia, na ausência de um nome mais definitivo. Embora as causas imediatas, a predisposição à doença e até mesmo seu diagnóstico permaneçam um mistério, sua óbvia e aparente natureza é bem compreendida. Parece variar apenas em grau. Às vezes, o paciente jaz por apenas um dia (ou por um período até menor) em uma espécie de letargia exacerbada. Perde a sensibilidade e seu corpo fica paralisado, mas o coração continua a pulsar, mesmo que de modo quase imperceptível. Retém um pouco do calor corporal e ainda exibe um tênue rubor nas faces; com um espelho diante de seus lábios, é possível detectar o letárgico, irregular e vacilante trabalho dos pulmões. Já em outros casos, o transe dura semanas, até meses; nem mesmo o escrutínio mais minucioso ou os mais rigorosos exames conseguem estabelecer alguma distinção entre o estado do paciente e o que consideramos morte absoluta. Muitas vezes ele é salvo do enterro prematuro graças aos amigos, que sabem que ele já sofreu de catalepsia em outras ocasiões, à suspeita então suscitada e, sobretudo, à ausência de decomposição. Por sorte, a doença progride de maneira gradual. As primeiras manifestações, embora marcantes, são inequívocas. Os ataques tornam-se cada vez mais característicos e cada nova ocorrência é mais demorada do que a anterior. Essa é a principal segurança contra o sepultamento. O infeliz cujo *primeiro* ataque apresentar aspectos extremos inevitavelmente será sepultado ainda com vida.

Minha própria condição não diferia em nenhum detalhe específico das mencionadas nos livros de medicina. Às vezes, sem motivo aparente, eu mergulhava aos poucos em um estado de semissíncope ou quase desmaio; sem dor, incapaz de me mexer ou de pensar direito, com apenas uma vaga e letárgica consciência da vida e das pessoas ao redor de minha cama, eu permanecia nesse estado até, subitamente, voltar ao normal. Em outras ocasiões, a doença me acometia de modo inesperado e impetuoso. Sentia náusea, dormência, frio e vertigem, e caía prostrado de imediato. Durante semanas a fio, tudo era vácuo, escuridão e silêncio; o Nada tornava-se meu universo. O aniquilamento era total. O despertar desses ataques era lento, proporcional à subitaneidade do acesso que os originara. Com a mesma morosidade e a pífia esperança do amanhecer para um pedinte sem amigos e sem um teto na cabeça, que perambula pelas longas e desoladas noites de inverno, assim a candeia da Alma voltava a se acender para mim.

Com exceção dessa predisposição para o transe, contudo, minha saúde, de modo geral, era boa, sem qualquer indício de que fosse afetada pela catalepsia — a menos que certa idiossincrasia no meu sono pudesse ser tomada como um de seus efeitos. Ao despertar, sempre custava a recuperar os sentidos e permanecia, por vários minutos, atordoado e perplexo — experimentava uma absoluta suspensão das minhas faculdades mentais, em geral, e da memória, em particular.

Em nenhum dos episódios aqui descritos eu sofria qualquer tipo de desconforto físico, ainda que a angústia moral fosse infinita. Minha imaginação tornava-se macabra, repleta de "vermes, sepulcros e epitáfios". Perdia-me em delírios funestos, e a ideia de um enterro prematuro não me saía da cabeça. O abominável perigo a que estava sujeito me assombrava dia e noite. Durante o dia, a tortura do pensamento obsessivo era demasiada, e durante a noite, extrema. Quando a soturna escuridão cobria a Terra, eu estremecia com os horrores que povoavam minha mente — estremecia como as plumas que adornam os carros fúnebres.

Quando já não podia mais suportar a vigília, relutantemente entregava-me ao sono, pois a ideia de acordar dentro de um túmulo me provocava calafrios. E, quando enfim adormecia, via-me sem demora em um mundo de fantasmas, onde pairava com asas gigantes e nigérrimas a ideia sepulcral.

Das inúmeras imagens soturnas que me oprimiam em sonhos, relatarei uma única visão: tive a impressão de estar imerso em um transe cataléptico mais duradouro e profundo do que os costumeiros quando, de repente, senti uma mão gelada na minha fronte e uma voz impaciente balbuciou a palavra "Levanta-te!" no meu ouvido.

Sentei-me. Estava envolto nas trevas. Não podia enxergar a figura que havia me despertado. Não me recordava nem quando nem onde estava quando sobreviera o transe. Enquanto permanecia imóvel, esforçando-me para relembrar, a mão gelada me agarrou pelo pulso, e me sacudiu com petulância, repetindo:

"Levanta-te! É uma ordem. Levanta-te!"

"Quem és tu?", indaguei.

"Nas regiões em que habito, não tenho nome", lamentou a voz. "Era mortal, agora sou demônio. Era impiedoso, agora tenho misericórdia. Sentes que estremeço. Bato os dentes enquanto falo, embora não seja por causa da gélida noite, a noite sem-fim. Essa monstruosidade é insuportável. Como podes dormir tranquilo? Os gritos de agonia impedem meu repouso. Não posso suportar esses suspiros. Levanta-te! Vem comigo noite adentro e deixa-me te mostrar os túmulos abertos. Não é um espetáculo lastimável? Contemple!"

Olhei; a figura invisível, que ainda me segurava com força pelo pulso, escancarara todos os túmulos da humanidade; de cada um exalava o débil fulgor fosfórico da putrefação, iluminando as profundezas e exibindo os cadáveres amortalhados, lúgubres e solenes, dormindo com os vermes. Mas, infelizmente, dos muitos milhões de sepultados, o número dos que dormiam era infinitamente menor do que o dos que estavam despertos — debatiam-se debilmente, inquietavam-se em generalizada tristeza, e, dos abismos das incontáveis covas, ouvia-se o melancólico farfalhar dos trajes fúnebres. Entre os que pareciam repousar em paz, notei que muitos se encontravam, em menor ou maior grau, em uma posição diferente do ângulo rígido e desconfortável em que haviam sido sepultados. Enquanto eu contemplava a cena, a voz repetiu:

"Não é um espetáculo deveras lastimável?" Mas, antes que eu pudesse encontrar palavras para respondê-la, a figura soltou meu pulso, os halos fosfóricos evaporaram e os túmulos se fecharam com súbita violência, enquanto escapava, de cada uma das covas, um alarido de gritos desesperados, repetindo: "Meu Deus, não é um espetáculo deveras lastimável?".

Fantasias como essa, acometendo-me à noite, prolongaram sua tétrica influência para minhas horas de vigília. Sofria dos nervos, sentia-me como uma presa acossada por horror perpétuo. Evitava cavalgar, caminhar ou praticar qualquer exercício que me obrigasse a sair de casa. Na verdade, não mais ousava me afastar da presença de quem estava a par da minha tendência à catalepsia, com receio de, se acometido por um dos meus habituais transes, ser enterrado antes que tivessem certeza de minha morte. Duvidava do cuidado e da fidelidade de meus mais estimados amigos. Temia que, em um transe mais demorado do que de costume, pudessem se convencer de que meu estado era irrecuperável. Cheguei ao ponto de recear que, como dava muito trabalho, pudessem ficar aliviados com uma crise mais prolongada, que oferecesse o pretexto para se livrarem de mim de vez. Em vão se esforçavam para me tranquilizar com as promessas mais solenes. Exigia que jurassem pelo que havia de mais sagrado que, sob hipótese alguma, haveriam de me enterrar até que meu estado de decomposição estivesse tão avançado que impossibilitasse continuar preservando meu corpo. Mesmo assim, meus terrores mortais não davam ouvidos à razão, não aceitavam nenhum consolo. Lancei-me em uma série de precauções elaboradas. Entre outras providências, remodelei a sepultura da família de modo que pudesse ser facilmente aberta por dentro. A menor pressão aplicada a uma comprida alavanca no interior da tumba abriria de imediato o portal de ferro. Também fiz algumas modificações para deixar o espaço mais arejado e claro, e instalei, próximo ao local que me seria destinado, recipientes para água e comida. O caixão foi acolchoado com estofado cálido e macio, e sua tampa, construída com o mesmo princípio da porta do jazigo, contava também com molas projetadas para abri-la ao menor movimento do corpo, libertando-me sem demora. Além disso, eu havia suspendido no teto do sepulcro um grande sino, cuja corda, segundo minhas orientações, deveria entrar por um buraco no caixão e ser atada a uma das mãos do cadáver. Mas, ai de mim, de que adianta a vigilância contra o destino do homem? Nem mesmo tais garantias tão bem elaboradas foram suficientes para salvar das máximas agonias do enterro prematuro um infeliz a elas condenado!

Chegou um momento — como havia chegado muitas vezes antes — em que me vi acordando de um estado de inconsciência total, experimentando o frágil e indefinido senso de existência. Aos poucos — a passos de tartaruga — despontou a vaga alvorada cinzenta do despertar da alma. Um desconforto letárgico. Uma resistência apática a uma dor imprecisa. Nenhuma inquietação, nenhuma esperança, nenhum esforço. E então, após um longo intervalo, um zumbido nos ouvidos. Após um intervalo ainda maior, uma sensação de dormência nas extremidades; em seguida, um período aparentemente eterno de agradável quietude, quando os sentidos já despertos se esforçam para alcançar o pensamento; depois, uma breve recaída no vácuo e, então, uma recuperação súbita. Por fim, o sutil tremor de uma pálpebra e, logo em seguida, a descarga elétrica de um terror, mortal e indefinido, que impulsionou o sangue em torrentes das têmporas ao coração. Um primeiro esforço concreto para pensar. A primeira tentativa para lembrar. Um êxito parcial e fugaz. A memória recupera seu domínio, faz-me consciente de meu estado. Sinto que não estou acordando de um sono comum. Lembro-me de ter sofrido um ataque de catalepsia. E então, como se pelo transbordar de um oceano, meu trêmulo espírito é inundado pelo fatídico Perigo — pela ideia espectral e constante.

Por alguns minutos, após ter sido tomado por tal pensamento, permaneci imóvel. O motivo? Não conseguia reunir coragem para me mexer. Não ousava executar o esforço para me certificar do meu destino — no entanto, algo em meu coração me dizia que *o pior* tinha acontecido. O desespero — evocado pela maior das desgraças — foi o único sentimento que me levou, após longa hesitação, a descerrar minhas pesadas pálpebras. Abri os olhos. Estava escuro, totalmente escuro. Sabia que o ataque havia passado. Sabia que o acesso cataléptico há muito chegara ao fim. Sabia que recuperara plenamente o uso de minhas faculdades visuais — ainda assim, estava escuro, tudo escuro; as profundas e absolutas trevas da Noite eterna me envolviam.

Tentei gritar — meus lábios e minha língua ressequida moveram-se convulsivamente nessa tentativa —, mas nenhuma voz emergiu de meus cavernosos pulmões, que pareciam pressionados pelo peso de uma montanha, arfavam e palpitavam, junto do coração, a cada esforço exaustivo para inspirar. Ao tentar mover a mandíbula, no esforço para emitir um som, senti que estava presa, como costumam fazer com os mortos. Senti também que eu estava deitado sobre uma superfície rígida, que me comprimia em ambos lados. Ainda não ousara tentar mexer meus membros, mas finalmente ergui os braços, que estavam estirados e com os pulsos cruzados. Bateram contra madeira sólida, que se alongava sobre mim a uma distância de não mais do que quinze centímetros do rosto. Não podia mais duvidar que repousava dentro de um caixão.

Então, em meio aos meus infinitos pesares, o querubim da esperança se aproximou mansamente quando lembrei de todas as minhas precauções. Contorci-me em movimentos espasmódicos, na tentativa de abrir a tampa à força: ela nem se mexeu. Tateei meus pulsos, buscando a corda do sino: não estava lá. O anjo apaziguador partiu para sempre, e um desespero ainda mais severo reinou triunfante, pois não pude deixar de notar a ausência do revestimento acolchoado que havia disposto com cuidado no interior do caixão — no mesmo momento em que chegou às minhas narinas, de repente, o característico odor pungente de terra úmida. A conclusão era inescapável. Eu não estava no meu jazigo. Devo ter sofrido um ataque longe de casa, entre desconhecidos — quando, ou de que maneira, não conseguia recordar —, e na certa foram eles que me enterraram feito um cachorro, trancafiado em um caixão qualquer e atirado nas profundezas da terra para toda a eternidade, em uma cova comum, e sem nome.

Quando essa tenebrosa convicção penetrou as câmaras mais recônditas de minha alma, tentei gritar mais uma vez. Nessa tentativa, consegui. Um grito penetrante, desvairado e contínuo, um urro de agonia, ressoou pelos domínios da noite subterrânea.

"Olá! Ei, olá!", respondeu uma voz áspera.

"Que diabos se passa?", indagou uma segunda.

"Calem a boca!", exclamou uma terceira.

"Por que ruge como um leão alucinado?", perguntou uma quarta.

Fui então agarrado e sacudido sem cerimônia, por vários minutos, por um grupo de indivíduos mal-encarados. Não me despertaram do sono, pois estava bem acordado quando gritei, mas me levaram a recobrar plena posse de minha memória.

A aventura ocorreu perto de Richmond, Virginia. Acompanhado por um amigo em uma expedição de caça, segui alguns quilômetros pelas margens do rio James. Já era quase noite quando fomos surpreendidos por uma tempestade. A cabine de um pequeno saveiro ancorado no rio, carregado com terra para jardim, era o único abrigo disponível. Nós nos arranjamos como pudemos e passamos a noite a bordo. Dormi em uma das duas únicas camas — e as camas de um saveiro, independentemente de suas dimensões, não precisam ser descritas. A que ocupei não tinha roupa de cama. Sua largura máxima era de quarenta e cinco centímetros; a mesma distância dos pés da cama até o convés. Tive muita dificuldade para me acomodar em espaço tão diminuto. Apesar disso, peguei no sono, e a minha visão — pois não foi nem sonho nem pesadelo — decerto adveio da posição em que me encontrava, de meu obsessivo temor e da dificuldade que já comentei aqui de recobrar completamente os sentidos, sobretudo minha memória, ao despertar do sono. Fui sacudido pela tripulação do saveiro e por alguns trabalhadores, contratados para descarregar o barco. O cheiro que senti nada mais era do que o da própria terra a bordo. A bandagem na mandíbula era apenas meu lenço de seda, que amarrara na cabeça, por hábito, à guisa de touca de dormir.

No entanto, a aflição sofrida naquela noite foi, sem dúvida, idêntica à de um sepultamento verdadeiro. Pavorosa e inconcebivelmente hedionda. Mas do mal pode surgir o bem, pois a agudeza de tal sofrimento provocou uma mudança inevitável em meu espírito. Minha alma se fortaleceu, ganhou pujança. Viajei para o estrangeiro. Dediquei-me a vigorosos exercícios. Respirei o ar puro dos céus. Passei a me concentrar em outros assuntos que não a morte. Descartei meus livros de medicina. Queimei meu Buchan.[1] Parei de ler *Os pensamentos noturnos*,[2] odes aos cemitérios e histórias assombrosas, *como essa*.

[1] O narrador refere-se a um livro de medicina,
The Domestic Medicine (1769), de William Buchan (1729-1805).
[2] *Pensamentos noturnos sobre a vida, a morte e a imortalidade*,
obra do poeta inglês Edward Young (1681-1765).

Em suma, tornei-me um novo homem e levei uma nova vida. Desde aquela noite memorável, abstraí para sempre meus funestos temores e, com eles, desapareceu minha catalepsia, levando-me a crer que, talvez, minhas apreensões tenham sido mais a causa.do que a consequência de minha doença.

Há momentos em que, até mesmo para os sóbrios olhos da razão, o mundo de nossa triste humanidade pode se assemelhar ao inferno — mas a imaginação humana não é nenhuma Carathis,[3] capaz de explorar impunemente todas as suas cavernas. A lúgubre legião de terrores sepulcrais não pode, infelizmente, ser tomada apenas como uma ilusão — mas, assim como os demônios que acompanharam o rei Afrasiab[4] em sua descida pelo rio Oxus, ela precisa dormir para não nos devorar; precisa adormecer à força para que possamos vencer, em vida, a morte.

---

[3] Personagem de William Beckford (1760 -1844), que explora o inferno na obra *Vathek* (L&PM, 2007. Trad. Henrique de Araújo Mesquita). Carathis é a mãe de Vathek, praticante de magia negra.

[4] Figura da mitologia persa.

A VERDADE SOBRE O CASO DO SR. VALDEMAR

EDGAR ALLAN POE
1845

Obviamente, não vou fingir que me surpreendi com o interesse despertado pelo extraordinário caso do sr. Valdemar. Seria um milagre se não tivesse gerado falatório — sobretudo devido às suas circunstâncias. Em virtude do desejo de todos os envolvidos de não expor publicamente o caso — pelo menos por enquanto, até que sejam feitas investigações mais minuciosas — e do nosso empenho para isso, uma versão falsa e exagerada dos fatos foi divulgada, tornando-se a fonte de desagradáveis mal-entendidos e, naturalmente, alvo de muita descrença.

Assim, é necessário apresentar os fatos, tal como os compreendo. Tentarei expô-los de maneira sucinta no relato que segue:

Nos últimos três anos, o mesmerismo tem reiteradamente chamado minha atenção; há cerca de nove meses, ocorreu-me que, na série de experimentos feitos até então, havia uma notável e injustificada omissão: nenhuma pessoa fora ainda mesmerizada *in articulo mortis*. Restava saber, primeiro, se em tal condição existia no paciente alguma suscetibilidade a uma influência magnética; segundo, em caso afirmativo, se tal condição a prejudicaria ou acentuaria; e, terceiro, até que ponto, e durante quanto tempo, seria possível protelar o avanço da morte. Havia outros aspectos para consideração, mas esses eram os que mais despertavam minha curiosidade — especialmente o último, dada a relevância de suas consequências.

Buscando algum indivíduo em quem pudesse empreender esses testes, lembrei do meu amigo, o sr. Ernest Valdemar, célebre organizador da "Bibliotheca Forensica" e autor (sob o pseudônimo de Issachar Marx) das versões polonesas de *Wallenstein* e *Gargântua*. O sr. Valdemar, que sempre morou no Harlem, em Nova York, desde o ano de 1839 chama (ou chamava) atenção por sua extrema magreza — seus membros inferiores assemelhavam-se aos de John Randolph, e a brancura de seu bigode produzia um violento contraste com seus cabelos negros que, por conta desse efeito, eram amiúde confundidos com uma peruca. Seu temperamento distintamente nervoso fazia dele uma boa opção para o experimento mesmérico. Já o hipnotizara duas ou três vezes sem muita dificuldade, mas ficara decepcionado com outros resultados que frustraram minhas expectativas devido à sua peculiar constituição. Não pude controlar em momento algum sua vontade e, em relação à clarividência, não obtive resultados confiáveis. Sempre atribuí meu fracasso nesses aspectos ao seu precário estado de saúde. Meses antes de nos conhecermos, os médicos já haviam confirmado que sofria de tuberculose. Ele tinha, de fato, o hábito de se referir à sua morte iminente com muita serenidade, como se não fosse um assunto a ser evitado ou que sequer causasse pesar.

Quando a ideia de que falei antes me ocorreu, naturalmente lembrei do sr. Valdemar. Conhecia bem seu modo de pensar, de forma que não temi escrúpulos de sua parte, além de que ele não tinha parentes nos Estados Unidos que pudessem interferir no experimento. Tive uma conversa franca sobre o assunto com ele que, para minha surpresa, pareceu bastante interessado. Digo "para minha surpresa" pois, embora sempre tivesse se submetido com confiança aos meus experimentos, jamais demonstrara qualquer apreço por eles. Sua enfermidade permitia o exato cálculo da hora de sua morte; combinamos que mandaria me chamar vinte e quatro horas antes do horário estipulado por seus médicos.

Há mais ou menos sete meses, recebi a seguinte mensagem do sr. Valdemar:

Meu caro P.,

Pode vir agora. D. e F. concordam que não passo de amanhã, à meia-noite. Acho que estimaram a hora com precisão.

Valdemar

Recebi o bilhete meia hora após ter sido escrito e, em quinze minutos, já estava no quarto do moribundo. Não o via há dez dias e fiquei assustado com a tenebrosa alteração que sua aparência sofrera durante esse breve período. O rosto estava cinzento, os olhos baços e a magreza era tão exacerbada que os ossos malares distendiam a pele, proeminentes. Expectorava em excesso. Os batimentos cardíacos eram quase imperceptíveis. Mantinha, contudo, de modo inusitado, suas capacidades mentais e algum resquício de força física. Expressava-se normalmente, tomava remédios paliativos sem ajuda de ninguém e, quando entrei no aposento, fazia anotações em um caderno. Encontrei-o sentado na cama, apoiado por travesseiros nas costas. Os doutores D. e F. estavam presentes.

Após apertar a mão do doente, conversei com os médicos à parte, que me forneceram um minucioso relato acerca de seu quadro. O pulmão esquerdo estava, há dezoito meses, em estado cartilaginoso e, era evidente, não tinha mais funcionalidade vital. A parte superior do pulmão direito estava parcialmente ossificada, e a inferior, reduzida a uma massa de tubérculos purulentos. Havia diversas perfurações e, em uma área, ocorrera aderência permanente às costelas. Tais ocorrências no lobo direito eram relativamente recentes. A ossificação avançara com rapidez incomum; não houvera nenhum sinal do processo no mês anterior, e a aderência se dera apenas três dias antes.

Além da tuberculose, havia a suspeita de que o paciente apresentasse um aneurisma na aorta, mas os sintomas ósseos impossibilitavam um diagnóstico preciso. Os dois médicos acreditavam que o sr. Valdemar fosse morrer à meia-noite, no dia seguinte (domingo). Eram sete horas da noite de sábado. Ao se afastarem da cabeceira do leito para conversar comigo, os doutores D. e F. deram seu último adeus ao doente. Embora não pretendessem voltar, perante meu pedido, concordaram em examinar o paciente por volta das dez da noite no dia seguinte.

Depois que se foram, conversei abertamente com o sr. Valdemar sobre sua morte iminente, bem como sobre detalhes do experimento proposto. Ele se declarou disposto e até mesmo ansioso para que a experiência fosse logo realizada, instando-me a dar início aos procedimentos de imediato. Havia um enfermeiro e uma enfermeira presentes, mas não me senti à vontade para empreender semelhante tarefa com apenas aqueles dois como testemunhas confiáveis, na eventualidade de algum acidente. Sendo assim, adiei o experimento para o dia seguinte, às oito da noite, quando a chegada de um conhecido meu, o sr. Theodore L., estudante de Medicina, dirimiu minhas preocupações. Minha intenção, inicialmente, era aguardar os médicos, mas decidi começar antes; primeiro, pelas súplicas impacientes do próprio sr. Valdemar e, segundo, por estar convicto de que não tinha mais um minuto a perder, pois sua condição visivelmente se agravava.

O sr. L. teve a gentileza de acatar meu pedido para anotar todo o experimento e meu relato, doravante, apoia-se em parte, de modo resumido ou *verbatim*, no registro elaborado por ele.

Faltavam cinco minutos para as oito da noite quando, tomando a mão do paciente, pedi que declarasse ao sr. L., com a maior clareza possível, que ele (sr. Valdemar) concordava inteiramente com o experimento e permitia o mesmerismo no estado em que se encontrava.

Ele respondeu, com voz débil, porém bastante audível: "Sim, eu concordo". E acrescentou às pressas: "Receio que tenha adiado até demais".

Comecei então sem demora, valendo-me dos passes que considerava, com base em experiências pregressas, os mais eficazes para induzi-lo. Já no primeiro toque lateral de minha mão em sua testa, ele se mostrou sob minha influência; mas, embora tenha empreendido todos os meus esforços, não obtive nenhum outro efeito perceptível até alguns minutos após as dez horas da noite, quando os doutores D. e F. chegaram, como previamente combinado. Expliquei a ambos, sem delongas, qual era minha intenção e, uma vez que não se opuseram, confirmando que o paciente já estava nos últimos suspiros, prossegui sem hesitar. Troquei, contudo, os passes laterais pelos descendentes, direcionando meu olhar diretamente para o olho direito do enfermo.

A essa altura, seus batimentos cardíacos já eram quase imperceptíveis, e sua respiração ruidosa se dava em intervalos de meio minuto.

Tal estado permaneceu praticamente inalterado por quinze minutos. Ao fim desse período, porém, um suspiro natural, embora bastante profundo, escapou do peito do moribundo, pondo fim aos estertores — ou, melhor dizendo, tornando-os menos aparentes, pois os intervalos permaneceram. As extremidades do paciente estavam gélidas.

Quando faltavam cinco minutos para as onze da noite, percebi inequívocos sinais de influência mesmérica. O aspecto vítreo do olho adquiriu expressão de desconfortável sondagem interna, raramente vista, e inconfundível, a não ser em casos de sonambulismo. Com rápidos passes laterais, fiz tremer suas pálpebras, como em sono incipiente, e com mais alguns movimentos consegui que as fechasse por completo. Não satisfeito, porém, continuei vigorosamente e, com máximo empenho, logrei alcançar a paralisação completa dos membros do paciente, após colocá-los em posição aparentemente confortável. As pernas esticadas e os braços estirados sobre a cama, a uma distância moderada do tronco. A cabeça estava levemente elevada.

Era meia-noite em ponto quando obtive tal resultado, e solicitei que os cavalheiros presentes examinassem o estado do sr. Valdemar. Após alguns testes, admitiram que estava de fato em um estado singularmente perfeito de transe mesmérico. A curiosidade dos dois médicos se acentuou. O dr. D. resolveu permanecer com o paciente a noite inteira, e o dr. F. despediu-se com a promessa de regressar no dia seguinte, assim que o sol raiasse. O sr. L. e os enfermeiros permaneceram conosco.

Não perturbamos o sr. Valdemar até aproximadamente as três da manhã, quando me aproximei e o encontrei do mesmo modo que estava quando o dr. F. partiu; na mesma posição, com os batimentos cardíacos imperceptíveis, a respiração suave (quase não podíamos notá-la, confirmando-a apenas ao encostar um espelho próximo aos seus lábios). Os olhos estavam fechados, e os membros, rijos e frios como mármore. Não obstante, não aparentava estar morto.

Aproximando-me do sr. Valdemar, fiz um esforço moderado para influenciar seu braço direito a procurar o meu, fazendo passes suaves de um lado para o outro sobre seu corpo. Como nunca obtivera êxito em tais experimentos com ele, não alimentava muita esperança de conseguir naquele momento, mas, para minha surpresa, seu braço seguiu prontamente, ainda que de maneira débil, todas as direções que induzi com o meu. Decidi arriscar algumas palavras, à guisa de conversa.

"Sr. Valdemar, está dormindo?", perguntei. Ele não respondeu, mas percebi um tremor em seus lábios e decidi insistir, repetindo a pergunta. Na terceira vez, seu corpo inteiro estremeceu muito discretamente; os olhos se abriram um pouco, revelando apenas uma nesga branca do glóbulo; os lábios se mexeram, letárgicos, e em um sussurro quase imperceptível ele respondeu: "Sim, estou dormindo. Não me acorde! Deixe-me morrer assim!".

Apalpando seus braços, senti que continuavam inflexíveis. O braço direito obedeceu ao comando da minha mão. Indaguei:

"Ainda sente dor no peito, sr. Valdemar?"

A resposta foi imediata, mas ainda menos audível do que a primeira:

"Nenhuma dor, estou morrendo."

Não julguei recomendável insistir, e nada mais foi dito ou feito até a chegada do dr. F., que regressou pouco antes do amanhecer e ficou absolutamente perplexo ao encontrar o paciente ainda vivo. Após verificar o pulso e levar um espelho aos lábios do moribundo, pediu-me que tornasse a falar com ele. Perguntei: "Sr. Valdemar, ainda está dormindo?".

Como das outras vezes, ele só respondeu depois de alguns minutos, como se estivesse reunindo forças para falar. Apenas na quarta vez em que repeti a pergunta ele retrucou, com a voz débil:

"Sim, ainda estou dormindo. Estou morrendo."

A opinião, ou melhor, o desejo dos médicos era que deixássemos o sr. Valdemar em paz em seu estado aparentemente tranquilo até que sobreviesse a morte — o que, era o consenso, deveria ocorrer em questão de minutos. Decidi me dirigir a ele apenas mais uma vez, repetindo minha pergunta.

Enquanto eu falava, operou-se uma mudança notável no semblante do mesmerizado. Ele abriu os olhos lentamente, girou o globo ocular e fez desaparecer as pupilas; sua pele adquiriu um tom cadavérico, assemelhando-se mais a papel do que a pergaminho, e as manchas circulares até então proeminentes nas faces *se apagaram*. Uso tal expressão pois o caráter abrupto do sumiço evocou para mim a imagem de uma vela extinta pelo sopro. Ao mesmo tempo, o lábio superior repuxado revelou os dentes, até então cobertos, enquanto o maxilar se distendeu em um estalo sonoro, deixando a boca arreganhada e expondo a língua intumescida e escura. Todos os presentes estavam habituados com os horrores do leito de morte, mas a aparência do sr. Valdemar era tão incomparavelmente grotesca que recuamos juntos, nos afastando da cama.

Sinto que, a partir deste ponto da narrativa, o leitor, atônito, será tomado por absoluta descrença. No entanto, devo prosseguir.

O sr. Valdemar não mais apresentava o menor sinal de vida e, tomando-o como morto, estávamos entregando seu corpo aos cuidados dos enfermeiros quando notamos uma forte vibração em sua língua. O movimento perdurou por um minuto, aproximadamente. Ao fim desse período, da mandíbula aberta e imóvel escapou uma voz que não ouso, em sã consciência, tentar descrever. Existem, não nego, dois ou três epítetos que poderiam ser considerados pertinentes; eu poderia dizer, por exemplo, que o som foi áspero, entrecortado e oco, mas o horrendo efeito geral foi indescritível, pelo simples motivo de semelhante som jamais ter sido ouvido antes. Não obstante, existem dois aspectos que — tanto no momento em que ouvi quanto agora — podem caracterizar a entonação, assim como dar alguma ideia de sua sinistra peculiaridade. Em primeiro lugar, a voz pareceu chegar aos nossos ouvidos — aos meus, pelo menos — de muito longe ou de uma caverna nas profundezas da terra. Em segundo, deu-me a impressão (receio que me fazer compreender será impossível) do toque em algo gelatinoso ou viscoso.

Mencionei "som" e "voz". O que quis dizer é que o som tinha uma silabação distinta — formidavelmente distinta. O sr. Valdemar disse, em resposta à pergunta que eu lhe fizera alguns minutos antes (se continuava dormindo):

"Sim... Não... estava dormindo... agora... agora estou morto."

Nenhum dos presentes ousaria negar, ou poderia reprimir, o horror inexprimível provocado por essas simples palavras. O sr. L. (o estudante) desmaiou. Os enfermeiros fugiram do quarto e não quiseram mais voltar de modo algum. Quanto às minhas próprias impressões, é inútil tentar transmiti-las ao leitor. Levamos quase uma hora para reavivar o sr. L. — um esforço silencioso, sem uma única palavra. Depois que ele recobrou os sentidos, examinamos o estado do sr. Valdemar.

Permanecia tal como descrito anteriormente; a única diferença é que o espelho não oferecia mais nenhuma evidência de respiração. Não tivemos êxito na tentativa de tirar sangue de seu braço. Cabe também mencionar que esse braço não estava mais sujeito ao meu controle. Foi inútil a tentativa de fazer com que acompanhasse o comando de minha mão. Somente o tremor vibratório da língua, quando eu lhe fazia uma pergunta, atestava a influência mesmérica. O sr. Valdemar parecia se esforçar para responder, mas não tinha mais volição suficiente. As perguntas dirigidas a ele pelos demais não provocavam qualquer reação — embora tenha me empenhado para colocar todos os membros do grupo *en rapport* com ele. Creio ter relatado todo o necessário para um entendimento acerca do estado do sr. Valdemar na época. Buscamos outros enfermeiros e, às dez da noite, saí da casa na companhia dos dois médicos e do sr. L.

Voltamos de tarde para ver o paciente. Seu estado permanecia exatamente o mesmo. Discutimos se era pertinente ou praticável acordá-lo, mas logo concordamos que não havia nenhum propósito em fazê-lo. Era evidente que a morte (ou o que costumamos chamar de morte) fora interrompida pelo processo mesmérico. Estava claro para todos nós que acordar o sr. Valdemar provocaria seu óbito se não premente, instantâneo.

Daquele momento até o fim da semana passada — um período de quase sete meses — continuamos fazendo visitas diárias à casa do sr. Valdemar, acompanhados às vezes por médicos ou outros amigos. Durante todo esse tempo, o mesmerizado permaneceu exatamente como descrevi. Havia sempre enfermeiros presentes, acompanhando-o de perto.

Na sexta-feira passada, finalmente decidimos realizar o experimento de despertá-lo, ou de tentar despertá-lo. Foi o resultado talvez infeliz dessa tentativa que deu ensejo a tanto falatório em círculos privados — e a muito do que considero uma injustificada crendice popular.

Com o intuito de libertar o sr. Valdemar do transe mesmérico, empreguei os habituais passes. Durante algum tempo, não obtive nenhum êxito. O primeiro indício do despertar foi a descida parcial da íris. Observamos, como aspecto especialmente notável, que o movimento descendente da pupila foi acompanhado pelo fluxo profuso de icor amarelado, oriundo de trás das pálpebras, de odor pungente e repugnante. Sugeriu-se que eu tentasse influenciar o paciente para que movesse o braço, como fizera anteriormente. Tentei em vão. O dr. F. me instou a fazer uma pergunta.

"Sr. Valdemar, pode nos explicar o que sente, o que deseja no momento?"

As manchas circulares reapareceram instantaneamente em sua face; a língua estremeceu, enrolando-se (embora a mandíbula e os lábios permanecessem rígidos), e, por fim, a mesma voz tenebrosa que já descrevi soou retumbante:

"Pelo amor de Deus, rápido, rápido, coloque-me para dormir ou me acorde depressa! Estou dizendo: estou morto!"

Fiquei desconcertado e, por um instante, sem saber como proceder. Primeiro, procurei acalmar o paciente; não fui bem-sucedido, devido à suspensão completa da vontade. Mudando de ideia, empreendi meus mais sinceros esforços para acordá-lo. Logo percebi que lograria esse intento — ou, pelo menos, imaginei que meu êxito seria completo.

Tenho certeza de que todos os presentes no aposento estavam preparados para testemunhar o despertar do paciente.

Não creio, contudo, que ser humano algum pudesse estar preparado para o que de fato aconteceu.

Enquanto executava rapidamente os passes mesméricos, em meio a exclamações de "morto! morto!" irrompendo da língua e não dos lábios do paciente, seu corpo inteiro — no decorrer de um minuto, ou menos — encolheu, desintegrou e apodreceu sob minhas mãos. Na cama, diante de todos os presentes, restou apenas uma massa liquefeita de repulsiva e abominável putrescência.

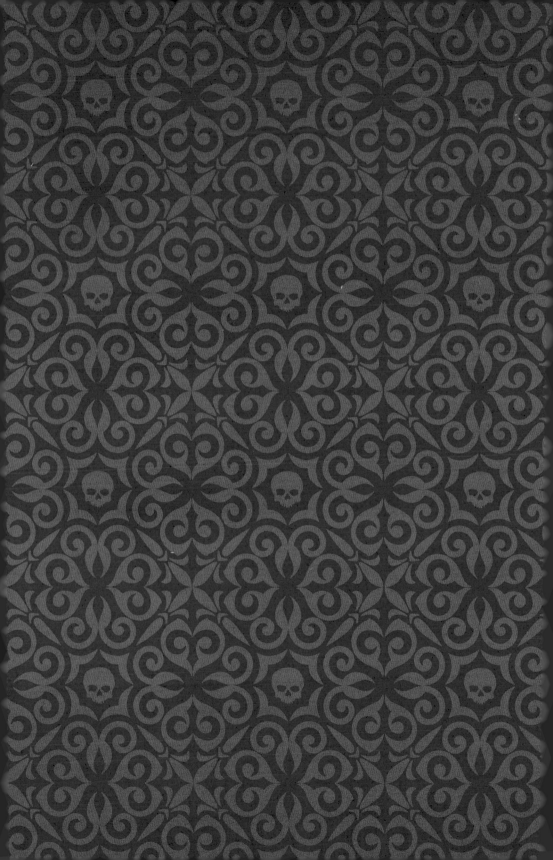

POEMAS

POEMAS

de EDGAR ALLAN POE

Edgar Allan Poe certa vez afirmou: "A poesia para mim nunca foi um objetivo, e sim uma paixão". Ao leitor já familiarizado com "O corvo", apresentamos mais três poemas que, assim como a expressão poética mais célebre do autor, exploram a solidão trazida pela morte de uma bela mulher, o desejo de reter a vida mais um instante e a memória de amores tão poderosos que desafiam a temporalidade orgânica do corpo, perpetuando-se na alma e no além.

"Lenore" — escrito inicialmente com outro título e alterado incontáveis vezes — foi publicado com esse nome em 1843, no periódico *The Pioneer*, editado pelo poeta James Russell Lowell. Lançado dois anos antes de "O corvo", já anuncia um de seus temas: a morte da amada Lenore. Era um dos poemas prediletos de Poe.

Em março de 1849, ele publicou "Um sonho dentro de um sonho" em *The Flag of Our Union*, um hebdomadário que achava medíocre, mas que pagava razoavelmente bem. O tom melancólico condiz com o estado de espírito do poeta, que tentara o suicídio havia apenas quatro meses. Após duas decepções amorosas — um noivado arruinado com a poeta Sarah Helen Whitman e uma paixão não correspondida pela já casada Annie Richmond — e recorrentes insucessos profissionais, Poe questiona se existe algum elemento real e palpável em suas aspirações — ou se tudo não passa de delírio.

"Annabel Lee", que viria a se tornar um dos poemas mais emblemáticos de Poe, foi publicado apenas postumamente por Rufus Griswold em 1849, dois dias após sua morte. Em uma de suas derradeiras manifestações líricas, o autor lamenta o destino de um casal apaixonado, cujo "amor feito de pujança" despertou a inveja até mesmo dos anjos. — *M.H.*

LENORE

EDGAR ALLAN POE
1842

*A taça de ouro quebrada! O espírito da amada não vive!
Ouçam do sino a badalada! Uma alma que atravessa o Estige
Guy de Vere, e o seu pranto? Chore agora ou nunca mais!
Eis o esquife sacrossanto onde a amada Lenore jaz!*

*Venha ler o último rito, venha entoar sem medo
Um réquiem para aquela que partiu tão cedo*

*Desgraçados! Queriam sua fortuna, odiavam sua altivez
Ao vê-la enferma desejaram que nos deixasse de vez!
Como podem forjar uma prece, se são dignos de degredo
Fingir pesar se quando viva a odiavam em segredo
Foram vocês que a mataram, e ela morreu tão cedo*

Foi pecado, agora é tarde! Rezemos em contrição
Que o vento carregue aos mortos essa nossa oração
A doce Lenore partiu, quão triste foi o seu fado
Deixando a lamentar aquele a quem teria desposado

A linda moça inerte, num sepulcro esquecida
Cabelos ainda tão dourados, mas olhos já sem vida

"Fora!", os demônios expulsam o espectro injustiçado
A morta sobe então aos céus junto a um séquito alado
Para ocupar melhor lugar, com o Altíssimo ao seu lado
Que o sino então se cale, para não interromper seu voo
Que não mais regresse ao vale, que em vida a amaldiçoou
Agora tenho o coração sereno, e é até com alegria
Que recomendo o anjo a Deus, com esta última elegia!

UM SONHO DENTRO DE UM SONHO

EDGAR ALLAN POE
1849

Tome este beijo na testa!
No adeus, é o que me resta
Esta confissão canhestra —
A verdade arde como um círio
Meus dias foram de delírio
Mas se a esperança, arredia,
Partiu de noite, ou de dia,
Se foi fantasia ou verdade
De todo modo, agora é tarde
Tudo que no íntimo proponho
Não passa de um sonho dentro de um sonho

Pairo em meio aos roucos ais
Das vagas que rebentam contra o cais
E aperto em mão fechada
Parcos grãos de areia dourada
Eles escoam sem compaixão
Pelos meus dedos até o chão
E o pranto rola em vão
E o pranto rola em vão

Ó, Deus, quisera a certeza
De um grão reter com mais firmeza
Ó, Deus, com minh'alma zelosa
Salvá-lo desta onda perigosa
Mas será que tudo que componho
Não passa de um sonho dentro de um sonho?

ANNABEL LEE

EDGAR ALLAN POE
1849

Há muitos anos, em outras primaveras
Em um reino solitário à beira-mar
Vivia a mais bela das donzelas
Annabel Lee, seu nome ouço ecoar
A donzela pura como um serafim
Tanto me amava e era amada por mim.

Era menina, como eu também criança
Em reino solitário à beira-mar
Mas nosso amor era feito de pujança
Annabel Lee, sempre a me acompanhar
Até que os anjos vigilantes nas alturas
Nosso amor se puseram a cobiçar.

E foi por isso que em outras primaveras
Em um reino solitário à beira-mar
O vento em uma noite sem lampejo
A Annabel Lee, veio logo resfriar

*A família enlutada em cortejo
Partiu sem sequer me avisar
Ela foi enterrada sem meu beijo
Em um reino solitário à beira-mar.*

*E os anjos infelizes nas alturas
Nosso amor para sempre a invejar
E foi por isso que em outras primaveras
Todos sabem, neste reino à beira-mar
Que o vento que escapa das procelas
A vida de Annabel Lee veio ceifar.*

*Mas nosso amor era feito fortaleza
Que os mais velhos só podiam respeitar
Os mais sábios logo viam a pureza
De um afeto que nasceu para durar
Nem anjos ou demônios no inferno
Ousam desafiar o que é eterno
E de Annabel Lee minha alma separar.*

*A lua jamais desponta reluzente
Sem trazer seu rosto à minha mente
As estrelas nunca brilham luzidias
Sem que me recorde de nossas alegrias
E quando chega a fria madrugada
Repouso junto de minha amada
Fiz do cemitério nosso lar
Em um túmulo solitário à beira-mar.*

Cartas

CARTAS

de
EDGAR ALLAN POE

As cartas selecionadas para encerrar este volume apresentam alguns dos personagens mais importantes da vida íntima de Edgar Allan Poe: o pai postiço John Allan, a tia Maria Clemm (em quem o autor encontrou sua mãe definitiva) e a jovem Virginia. Há também curiosidades de sua vida profissional, como a carta em que Poe defende seus contos de horror para o editor da *Southern Literary Messenger*; uma amostra de sua correspondência com um fã que virou seu confidente; e algumas ponderações sobre sua própria obra com o poeta James Russell Lowell.

Não podíamos também deixar de fora Rufus W. Griswold, seu maior antagonista, a quem Poe legou os direitos de sua obra. Hoje em dia lembrado apenas por ser o nêmesis do nosso mestre, Griswold foi, graças a suas famosas antologias, um dos nomes mais respeitados da cena literária norte-americana. Um sujeito tão idiossincrático que parece ter sido inventado por um hábil romancista do século XIX, empenhou-se com ferrenha dedicação em sujar postumamente o nome de Poe. Mas, enquanto conspurcava a reputação do poeta, fato é que Griswold reuniu, editou e publicou *toda a sua obra*.

A despeito do retrato monstruoso pintado por Griswold, Poe nunca saiu de circulação. Talvez a força de sua literatura, que permanece viva e pujante entre nós, esteja no homem por trás da obra, a quem convidamos o leitor a conhecer na leitura de sua extraordinária correspondência. Um sujeito obstinado e passional que, apesar das vicissitudes de uma vida por vezes miserável, alcançou muito mais do que o sucesso: conquistou a eternidade. — M.H.

para JOHN ALLAN

Nesta carta, Poe suplica a John Allan que o libere de continuar servindo ao Exército. A relação dos dois sempre foi tensa e, embora o chame de pai, Poe nunca se sentiu filho de verdade do rude escocês que assumiu sua criação, sem jamais adotá-lo oficialmente. A família Allan era muito rica, mas John não legou bens a Poe, deixando-o fora de seu testamento. Em sua assinatura, Poe costumava sempre abreviar o sobrenome Allan. Aqui, no entanto, um ferido e profético Poe anuncia que o nome da família ainda será famoso, graças a ele.

Forte Monroe (Virginia)
22 de dezembro de 1828

Prezado senhor,

Enviei-lhe uma carta pouco antes de deixar o Forte Moultrie e fiquei bastante magoado com a ausência de resposta. Talvez o senhor não a tenha recebido e, assim supondo, vou recapitular o teor da missiva. Em linhas gerais, solicitava sua intervenção para me liberar do Exército, onde (assim como a carta do tenente Howard lhe informou) sirvo atualmente como soldado. Instava-o a abster-se de qualquer juízo que porventura estivesse inclinado a formar, perante tantas circunstâncias desfavoráveis, até que eu tornasse a lhe mandar notícias, e pedia que transmitisse à mamãe meus mais estimados votos, suplicando que não permitisse que minha disposição rebelde extinguisse o afeto que costumava ter por mim. Também na referida carta mencionava que tudo que o senhor precisava fazer para obter minha baixa do Exército era enviar seu consentimento por carta para o tenente J. Howard. Ele já ouviu falar no senhor pelo sr. Lay, que lhe teceu muitos elogios. Tendo pedido apenas esse favor, foi com muita tristeza que constatei que o senhor não o julgou sequer digno de resposta.

Depois que cheguei ao Forte Moultrie, o tenente Howard me apresentou ao coronel James House, da primeira artilharia, que me conhecia anteriormente, pois fui soldado de seu regimento. Foi muito educado comigo e contou-me que conhecera meu avô, o general Poe, bem como o senhor e sua família. Foi ele quem me garantiu que eu poderia obter a baixa imediatamente, mediante o consentimento do senhor. Perceber que estranhos se interessavam pelo meu bem-estar enquanto o senhor, que me chamava de filho, recusava a mera cortesia de uma resposta foi motivo de pesar para mim. Se acaso o senhor quer esquecer que fui seu filho, sou orgulhoso demais para lembrá-lo novamente, rogo apenas que recorde como admirou outrora o motivo pelo qual deixei sua família: ambição. Embora não tenha tomado um rumo de seu agrado, meu objetivo permanece o mesmo. Richmond e os Estados Unidos são pequenos demais para mim — meu palco há de ser o mundo.

Conforme mencionei na carta que decerto não recebeu (é só o que posso aferir perante a ausência de resposta), o senhor me julgava degradado. Mas há algo em meu coração impermeável à degradação; posso andar entre os infectados e não me contaminar. Jamais em minha vida experimentei maior satisfação do que agora — não apenas comigo, mas também com minha conduta (exceto pelo sofrimento que porventura possa ter causado ao senhor). Meu pai, não me tome como um perdido, não me descarte. Ainda hei de honrar o seu nome.

Minhas lembranças à mamãe e a todos os nossos amigos.

Se o senhor estiver determinado a me abandonar, deixo aqui meu adeus. Assim rejeitado, serei duas vezes mais ambicioso: o mundo ainda vai conhecer o nome do filho que o senhor julgou indigno de atenção. Mas, se permitir que o amor que ainda me tens supere o desgosto que possa ter causado, escreva-me, pai, o quanto antes. Minha vontade é ser liberado do Exército. Desde que me alistei, minha conduta tem sido irrepreensível e digna da estima de meus oficiais, mas já cumpri meu dever e desejo partir. Escreva ao tenente Howard e ao coronel House solicitando minha dispensa e, sobretudo, escreva para mim.

Todo o amor para mamãe e meus amigos.

De seu carinhoso filho,
Edgar A. Poe

para
JOHN ALLAN

Poe, aos 24 anos, sem dinheiro e sem emprego, faz um desesperado apelo a John Allan. Morando de favor com a tia Maria Poe Clemm, o jovem Edgar está mais perto do que imagina de seu destino: a prima Virginia, na época com apenas 11 anos, se tornaria sua esposa em 1835 e, entre os contos em que trabalhava, sem "se entregar ao ócio", está "Manuscrito encontrado numa garrafa". Seis meses após esta carta, o conto venceria um concurso literário, sendo publicado no jornal e rendendo ao autor um prêmio de 50 dólares.

Baltimore
12 de abril de 1833

Mais de dois anos se passaram desde que o senhor prestou-me auxílio e mais de três desde que se dirigiu a mim pela última vez. Tenho poucas esperanças de que vá ler esta carta, mas mesmo assim não consigo me abster de mais uma tentativa de contato. Se o senhor refletisse por um instante sobre a situação em que me encontro, decerto se apiedaria de mim: sem amigos, sem meios de sobrevivência e, consequentemente, sem condições para arrumar um emprego, definho; estou à míngua, por falta de ajuda. No entanto, não me entreguei ao ócio, tampouco aos vícios, assim como não cometi nenhuma ofensa contra a sociedade que justifique um destino tão cruel. Pelo amor de Deus, tenha misericórdia e salve-me da destruição.

E.A. Poe

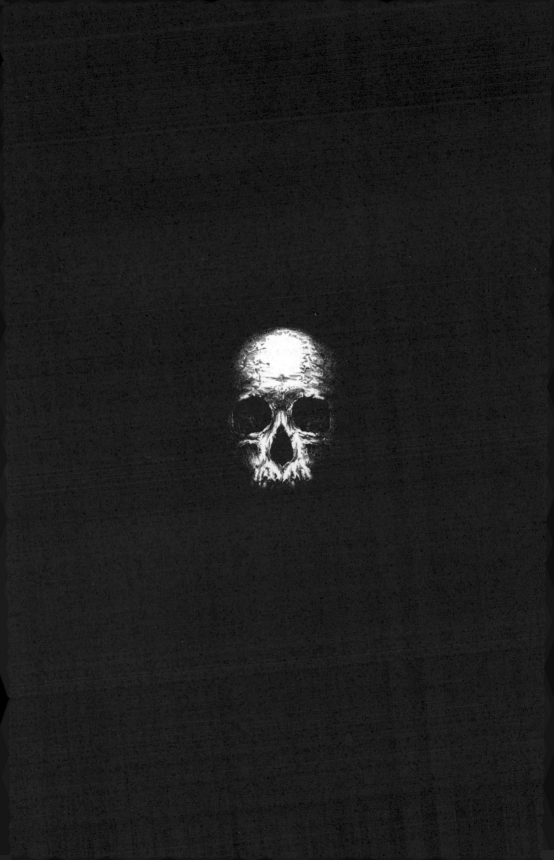

para
JOHN PENDLETON KENNEDY

Político e escritor norte-americano, Kennedy foi um dos jurados do concurso literário que premiou Poe pelo seu conto em 1833. Tornando-se amigo do autor, ele o apresentou para Thomas Willis White, editor da Southern Literary Messenger, *que viria a empregar Poe como seu assistente. Nesta carta, ele recusa um convite para jantar por falta de roupas apropriadas — e aproveita a ocasião para pedir um empréstimo.*

15 de março de 1835

Caro senhor,

Seu gentil convite para jantar hoje causou-me profundo pesar. Não posso aceitá-lo — e pelos motivos mais humilhantes em relação à minha aparência. Pode imaginar o quão envergonhado me sinto ao ter que revelar tais circunstâncias vexatórias ao senhor, mas não posso deixar de justificar minha recusa. Se o senhor, bom amigo que é, puder me emprestar vinte dólares, posso encontrá-lo amanhã — do contrário, será impossível, e só me resta aceitar meu destino.

Atenciosamente,
E.A. Poe

para
THOMAS WILLIS WHITE

Trecho de uma carta de Poe ao editor da Southern Literary Messenger, *defendendo seu conto "Berenice". Publicado na revista em março de 1835, provocou uma enxurrada de críticas. Pressionado pelo público, White teria dito que a história de Poe era "de mau gosto". Na carta, Poe reconhece o caráter supostamente indigesto do conto, mas aponta a complexa relação entre gosto e popularidade, postulando que histórias de horror podem não ser as mais palatáveis — mas são, não obstante, as mais lidas.*

30 de abril de 1835

Alguns comentários sobre "Berenice". O senhor tem razão. O tema é inquestionavelmente horrível e confesso que hesitei antes de enviar o conto ao senhor, sobretudo como exemplo de meus talentos. A ideia adveio de uma aposta: a de que não conseguiria produzir algo eficaz sobre um tema tão singular, tratando-o com seriedade. O que quero dizer, porém, diz mais a respeito de sua revista do que qualquer escrito que eu possa lhe oferecer. Acredite, não é minha intenção dar-lhe um conselho, posto que tenho certeza de que, após refletir sobre o assunto, decerto vai concordar comigo. A história das revistas mostra com clareza que as mais célebres assim se tornaram graças a publicações semelhantes, em sua natureza, a "Berenice" — embora, admito, muito superiores em estilo e execução. Semelhantes, devo frisar, em sua natureza. Ora, o senhor há de me perguntar, e que natureza é essa? Trata-se do bizarro elevado ao grotesco; do temerário tingido pelas cores do horrível; do cômico exagerado às raias do burlesco; do extraordinário transformado em estranho e místico. O senhor pode dizer que tudo isso é de mau gosto. Já eu tenho minhas dúvidas. Ninguém tem mais consciência do que eu de que a simplicidade é a suposta ordem do dia — mas, acredite, no fundo, ninguém está interessado no que é simples. Acredite também que, apesar do que dizem, não há nada mais fácil no mundo do que ser extremamente simples. Mas se as histórias a que me refiro são ou não de mau gosto não vem ao caso. Para ser apreciado, um autor precisa ser lido e tais histórias são, invariavelmente, as procuradas com mais avidez pelos leitores. São, se o senhor reparar, as mais publicadas em revistas e jornais e, ao capturarem a imaginação do público, aumentam a reputação de seus autores. [...] No caso de "Berenice", em particular, reconheço que de fato beira o mau gosto — mas não cometerei mais infrações assim tão graves. Minha intenção é fornecer ao senhor uma história do gênero por mês. O efeito, se houver, será mais bem estimado pela circulação da revista do que por eventuais comentários sobre seu conteúdo. Nesse sentido, cabe postular que todos os contos serão diferentes uns dos outros em tema e estilo, preservando, contudo, a natureza a que me referi acima.

Atenciosamente,
Edgar A. Poe

para
MARIA E VIRGINIA CLEMM

Em 1835, morando em Richmond e contribuindo com o editor Thomas Willis White, Poe recebeu uma carta de sua tia Maria Clemm, pedindo que a aconselhasse: um primo de Poe, o abastado Neilson, oferecera-se para assumir a criação e os estudos de Virginia Clemm, na época com 13 anos. Temendo que Neilson fosse se opor a uma futura união entre ele e sua prima, o jovem Edgar não teve alternativa a não ser abrir o coração e confessar seu amor pela menina, a quem se dirige como irmã, esposa e prima.

Richmond
29 de agosto de 1835

Querida titia,

Escrevo esta carta cego de lágrimas — não desejo mais viver uma hora sequer. Estou mergulhado em pesar, no abismo da profunda ansiedade provocada por sua carta, e a senhora sabe muito bem como sofro quando esmagado pela tristeza. Se pudesse ler meu coração neste momento, até meu inimigo mais ferrenho haveria de se apiedar de mim. A última e única coisa que ainda me encorajava a viver foi cruelmente arrancada de mim — não quero e não vou mais continuar vivo. Mas antes devo cumprir meu dever. Eu amo, a senhora sabe disso, amo Virginia com paixão e lealdade. Não tenho palavras para expressar a fervorosa devoção que tenho pela minha tão querida prima, minha amada. Mas o que posso dizer? Pense por mim, pois não consigo mais pensar. Não me sai da cabeça a ideia de que a senhora e ela prefiram ir com N. Poe. Não tenho dúvidas de que terão mais conforto com ele, mas já não posso dizer o mesmo em relação à paz, à felicidade. Há ternura em seus corações e sei que saberão para sempre que a presente angústia foi mais do que pude tolerar; saberão que me levaram ao túmulo, pois um amor como o meu é insuperável. É inútil disfarçar a verdade: quando Virginia for embora com N.P., jamais a verei novamente — estou certo disso. Tenha pena de mim, titia querida, tenha misericórdia. Não tenho mais ninguém. Encontro-me entre estranhos, e o sofrimento é mais do que posso suportar. É inútil esperar de mim um conselho: o que posso dizer? Acaso posso, motivado pela honra e pela sinceridade, exortá-la — Virginia, não vá! Não vá para onde terá conforto e onde quiçá poderá ser feliz? — Por outro lado, poderia resignar-me calmamente e retomar minha vida? Se ela me amasse de verdade, já não teria rejeitado a proposta dele com desdém? Ah, Deus, tenha piedade de mim! Se ela aceitar ir com N.P., o que a senhora vai fazer, querida titia?

Providenciei uma casinha jeitosa, em um local sossegado, em Church Hill; recém-terminada, com um amplo jardim e bem equipada, por apenas cinco dólares ao mês. Passo dia e noite sonhando com a alegria em tê-las comigo, minhas únicas amigas, a quem mais amo neste mundo. Que orgulho sentiria em alojá-las com conforto e em poder ter Virginia como esposa. Mas esse sonho chegou ao fim, Deus, tenha piedade de mim. Para que continuarei vivendo? Aqui, entre estranhos, sem uma única alma a me amar.

[...] O tom de sua carta feriu o âmago de meu ser. Ah, titia, titia, a senhora me amava, como pode ser tão cruel comigo agora? Diz que Virginia se tornaria prendada e teria um lugar garantido na sociedade — tudo isso dito em um tom tão mundano. Está assim tão certa de que ela seria feliz?

Acha mesmo que alguém pode amá-la mais do que eu? Ela teria muito mais chances de ter um lugar na sociedade aqui do que com N.P. Aqui, todos me recebem de braços abertos.

Adieu, minha querida titia. Não posso aconselhá-la. Converse com Virginia, deixe que ela decida. Quero uma carta dela, escrita de próprio punho, despedindo-se de mim para sempre. Vai causar minha morte, dilacerar meu coração, mas não direi mais uma única palavra.

E.A.P.
Mande-lhe um milhão de beijos meus.

Para Virginia,

Meu amor, minha doce Sissy, minha esposinha amada, pense muito bem antes de partir o coração do seu primo Eddy.

Abri novamente a carta para incluir cinco dólares — acabo de receber outra carta, comunicando o recebimento da minha anterior. Estou com o coração sangrando. Titia querida, ao pensar em sua felicidade, rogo que não se esqueça da minha. Estou economizando tudo o que posso. Só gastei cinquenta centavos para lavar minha roupa, ainda sobraram dois dólares e vinte e cinco centavos. Em breve, mando mais. Escreva imediatamente. Espero sua resposta, tomado de angústia e pavor. Tente convencer minha querida Virginia do quanto a amo. [...] Deus abençoe e guarde vocês duas.

para
MARIA CLEMM

Recém-chegado em Nova York, para onde se mudou com Virginia em 1844 na esperança de conseguir mais oportunidades de emprego e maior visibilidade como autor, Poe escreve para sua tia e sogra, Maria Clemm (Muddy). A singela carta revela o cuidado de Poe com a frágil Virginia, a quem chama de Sissy e Sis, embora mostre também sua dificuldade em reconhecer o quanto ela está doente. Poe expressa o desejo de acomodar-se melhor para que Maria Clemm e a gata Catterina possam ir morar com o casal. Nota-se também um fascínio recorrente do autor por comida, na certa uma consequência de longos períodos de miséria e alimentação escassa. É em Nova York que ele alcançará o auge da fama, com o poema "O corvo", em 1845. Virginia morrerá de tuberculose dois anos depois, em 1847.

Nova York
Domingo, 7 de abril; manhã, pouco depois do café.

Minha querida Muddy,

Acabamos de tomar café da manhã e sentei-me para lhe relatar tudo o que aconteceu. Não vou poder enviar a carta, pois o correio não abre hoje. Em primeiro lugar, chegamos bem no cais de Walnut Street. O condutor quis me cobrar um dólar, mas não paguei. Tive que dar um trocado ao garoto que colocou nossos baús no bagageiro. Enquanto isso, levei Sis ao Depot Hotel. Eram seis e quinze da manhã e tínhamos que esperar até sete. Vimos o *Ledger* e o *Times* (nada em nenhum dos dois) e uma notinha sem importância no *Chronicle*. Começamos a viagem bem-dispostos, mas só chegamos aqui às três da tarde. Fomos de trem para Amboy, a uns sessenta e cinco quilômetros de Nova York, e depois pegamos o vapor para completar o resto da viagem. Sissy não tossiu uma única vez. Quando chegamos ao cais, estava chovendo muito. Deixei-a a bordo do navio, após acomodar os baús na cabine feminina, e saí para comprar um guarda-chuva e arrumar uma pensão. Encontrei um sujeito vendendo guarda-chuvas e comprei um por cinquenta e seis centavos. Depois, subi pela Greenwich Street e logo me deparei com uma pensão. Fica um pouco antes da Cedar Street, do lado oeste, à esquerda de quem sobe. Tem degraus de pedra marrom e um alpendre com colunas da mesma cor. O nome na porta é "Morrison". Negociei rapidamente, peguei um cabriolé e voltei para buscar Sis. Não me ausentei por mais de meia hora e ela ficou surpresa ao me ver voltar tão depressa; esperava que fosse demorar mais de uma hora. Havia mais duas senhoras a bordo, de modo que não ficou sozinha. Quando chegamos à pensão, tivemos que esperar mais meia hora, enquanto arrumavam o quarto. A casa é velha e parece infestada de insetos, mas [*trecho ilegível*] a proprietária é uma senhora muito falante [*trecho ilegível*] e nos deu um quarto de fundos, no [*trecho ilegível*], fica aberta dia e noite e custa sete dólares [*trecho ilegível*], a pensão mais barata que já vi na vida, levando em consideração a localização central e nossos meios. Queria que Kate visse — ela desmaiaria. Ontem à noite, à guisa de ceia, tomamos um chá delicioso, forte e quente, comemos pão comum e integral, queijo e bolos (refinados); havia um prato grande (dois pratos, na verdade) de presunto refinado, dois de vitela fria, a carne cortada e empilhada como uma montanha sobre o prato, cada fatia maior do que a outra. Havia também três pratos de bolos variados, tudo muitíssimo bem servido, com fartura. Não vamos passar fome aqui, isso é certo. A proprietária nos recebeu com muita simpatia e nos sentimos em casa imediatamente. Ela mora com o marido, um sujeito gordo e bonachão, que parece ser uma boa alma. Acho que tem oito ou dez hóspedes — são duas ou três mulheres —, mais dois empregados. No desjejum, tomamos um café muito gostoso, quente e encorpado, bem escuro e sem muito creme. Serviram as fatias de vitela e o presunto bom, mais ovos, pães muito saborosos e manteiga. Acho que nunca fiz uma refeição tão farta e nunca tomei um desjejum tão saboroso. Queria que a senhora tivesse visto os ovos e a variedade das carnes. Foi o primeiro café da manhã decente desde que deixamos nossa casinha. Sis está encantada e estamos muito entusiasmados. Ela quase não tossiu nem suou muito durante a noite. Está aqui entretida agora, costurando minhas calças (rasguei em um prego). Ontem à noite, saí para comprar uma meada de seda, uma de linha, dois botões, um chinelo e uma panelinha de alumínio para o fogão. O quarto se manteve aquecido a noite inteira. Ainda temos quatro dólares e cinquenta centavos. Amanhã vou tentar conseguir mais três dólares emprestados, para poder garantir uma quinzena. Estou muito bem-disposto e não bebi uma gota de álcool, de modo que espero me manter longe de problemas. Assim que conseguir juntar um dinheirinho, eu lhe mando. A senhora não faz ideia do quanto sentimos sua falta. Sissy se debulhou em lágrimas ontem à noite, com saudade da senhora e de Catterina. Decidimos providenciar dois quartos assim que for possível. Enquanto isso, não creio que pudéssemos estar mais confortáveis ou mais bem acolhidos do que estamos aqui. Acho que o tempo está abrindo, o céu está ficando mais claro. Não se esqueça de ir ao correio e encaminhar minhas cartas. Assim que terminar o artigo de Lowell, eu o enviarei e a senhora pega o dinheiro com Graham. Dê nossas saudosas lembranças a Catterina. Esperamos poder buscar a senhora muito em breve.

para
JAMES RUSSEL LOWELL

Trechos da carta de Poe ao poeta, crítico e editor Lowell, na qual compartilha opiniões sobre sua personalidade, suas crenças e suas preferências literárias — listando, inclusive, os poemas e contos prediletos de sua autoria.

Nova York, 2 de julho de 1844

Meu caro sr. Lowell,

Compreendo bem a "natureza indolente" de que o senhor se queixa — é um dos meus pecados perenes. Tenho fases de excessiva preguiça e outras de extraordinária diligência. Há épocas em que qualquer tipo de exercício mental é, para mim, uma tortura e meu único prazer é a comunhão solitária com "as montanhas e os bosques", "os altares" de Byron. Já passei meses inteiros assim, perambulando em enleios, para despertar, enfim, tomado por um ritmo maníaco de produção. Passo então o dia todo escrevendo e leio a noite inteira, até a doença passar. [...]

Não sou ambicioso — a não ser por provocação. De vez em quando, sinto-me tentado a superar um tolo, simplesmente por detestar a ideia de que um sujeito imbecil possa achar que é superior a mim. Mas, tirando isso, não tenho ambição alguma. Conheço bem a vaidade sobre a qual a maioria dos homens apenas tagarela a respeito: a vaidade da vida humana, temporal. Vivo em um ininterrupto devaneio de futuro. Não tenho fé no aperfeiçoamento humano. Penso que todos os esforços empreendidos pelo homem não surtirão qualquer efeito digno de nota na humanidade. O ser humano atualmente é apenas mais ativo — não é mais feliz nem mais sábio do que era há seis mil anos. Jamais será diferente; e supor que alcançaremos um resultado diverso com o tempo é crer que nossos antepassados viveram em vão; que o próprio passado é tão somente um rudimento do porvir, que os milhares que pereceram não estavam em igualdade de condição conosco, assim como não estaremos com aqueles que nos sucederem na posteridade. Não posso concordar com a perda do homem enquanto indivíduo, a assimilação do homem pela massa. Não tenho nenhuma crença na espiritualidade. As palavras sagradas para mim não passam de meras palavras. Ninguém pode realmente conceber o que é o espírito. Não se pode imaginar o que não existe. Enganamo-nos com a ideia de uma matéria infinitamente rarefeita. A matéria gradualmente escapa aos sentidos: rocha, metal, líquido, atmosfera, gás, éter luminífero. Além dessas, existem modificações ainda mais raras. Mas atribuímos a todas a noção de uma constituição de partículas, uma composição atômica. E é por isso, e apenas por isso, que pensamos que o espírito é diferente; julgamos o espírito destituído de partículas e, consequentemente, o oposto da matéria. Mas é evidente que, se nos aprofundarmos em nosso conceito de rarefação, chegaremos a um ponto onde as partículas coalescem; embora infinitas, é absurda a insignificância de espaço entre elas. Essa matéria sem partículas, que permeia e impele todas as coisas, é Deus. Sua atividade é o pensamento divino, fonte de criação. O homem e os seres racionais são individualizações dessa matéria sem partículas. O ser humano existe enquanto "pessoa", vestido de uma matéria

— com partículas — que o individualiza. Assim coberto, sua vida é rudimentar. O que chamamos de "morte" é uma dolorosa metamorfose. As estrelas contêm seres rudimentares. Se não fosse a necessidade da vida rudimentar, não teríamos mundos. Na morte, o verme é a borboleta — ainda matéria, embora não reconhecida pelos nossos órgãos; reconhecida, ocasionalmente talvez, pelos sonâmbulos; de forma direta, sem órgãos, pelo mesmerismo. Desse modo, um sonâmbulo pode ver fantasmas. Despido do invólucro rudimentar, o ser habita o espaço — o que supomos ser o universo imaterial —, deslocando-se e atuando por mera volição; a par de todos os segredos, exceto o da natureza da vontade de Deus — o movimento, a atividade da matéria sem partículas.

O senhor fala sobre "estimativa de vida" — e, pelo que já disse, verá que não tenho nenhuma. Sempre fui profundamente consciente da mutabilidade e da evanescência das coisas temporais para empreender qualquer esforço contínuo, para ser constante em alguma coisa. Minha vida foi veleidade, impulso, paixão, desejo de solidão — desdém pelo presente, desejo pelo futuro.

Fico entusiasmado com música e por alguns poemas — sobretudo os de Tennyson, a quem, junto de Keats, Shelley, (às vezes) Coleridge e alguns outros de imaginação e expressão afins, considero os únicos poetas. A música é a perfeição da alma, ou da ideia, da Poesia. A sutileza e a exultação despertadas por uma doce ária (que deveriam ser estritamente indefinidas & jamais excessivamente sugestivas) é o que deveríamos almejar na poesia. Alguma artificialidade, até certo ponto, não é de todo ruim. [...]

Fui descuidado a ponto de não guardar nenhuma cópia dos meus volumes de poemas — mas também nenhum merecia ser guardado. Os melhores trechos estão no artigo de Hirst. Acho que são meus melhores poemas: "A adormecida", "O verme vencedor", "O palácio assombrado", "Peã", "Lenore", "Terra dos sonhos" e "O Coliseu". Meus melhores contos são "Ligeia", "O escaravelho de ouro", "Os assassinatos da rua Morgue", "A queda da casa de Usher", "O coração delator", "O gato preto", "William Wilson" e "Uma descida ao Maelström". Acho que "A carta roubada", que vai ser publicada em breve no *Gift*, é meu melhor conto de raciocínio. Escrevi recentemente, para Godey, "A caixa oblonga" e "Tu és o homem", ainda não publicados. Mando, com esta carta, "O escaravelho de ouro", o único dos meus contos que tenho aqui à mão.

Graham está, há uns nove meses, com uma resenha que escrevi sobre o "Spanish Student", de Longfellow; acho que "esgotei" o assunto e expus alguns dos mais descarados plágios já feitos. Não sei por que ele não publica — acho que pretende publicar minha biografia na edição de setembro, a ser fechada em 10 de agosto. Seu artigo logo estará disponível.

De seu amigo sincero,
E.A. Poe.

para
RUFUS WILMOT GRISWOLD

O reverendo Rufus Griswold era uma figura célebre no panorama literário norte-americano em meados do século XIX. Editor de uma disputada antologia de poetas, pretendia consagrar-se como uma espécie de árbitro do cânone norte-americano. Embora Poe tenha tido alguns poemas selecionados por Griswold, quando instado a dar opinião sobre o volume, criticou duramente as escolhas do reverendo. Nesta carta, ele tenta reverter o mal-estar e busca uma reaproximação com Griswold, mas a relação entre os dois vai piorar consideravelmente nos anos seguintes. A mágoa perene de Griswold há de perseguir o poeta até depois de sua morte: ele não só foi o autor do obituário de Poe, como escreveu sua primeira biografia, retratando-o como um homem sem caráter, maníaco e alcoólatra.

Confidencial
Nova York, 16 de janeiro de 1845

Caro Griswold, se assim permite que o chame

Sua carta causou-me primeiro tristeza, depois alegria: tristeza pois me fez ver que havia perdido, devido à minha insensatez, um amigo honrado, e alegria por nela vislumbrar esperança de reconciliação.

 Há algumas semanas percebi que os motivos que me levaram a falar naqueles termos de seu livro (visto que de sua pessoa sempre falei com cortesia) foram provocados por infâmias maliciosas de um vigarista profissional. Entretanto, supondo-o irreparavelmente ofendido, não pude me aproximar como gostaria quando nos encontramos na redação do jornal. Nada me daria prazer mais sincero do que saber que aceitou minhas desculpas e está disposto a ter em mim um amigo.

Se puder fazer isso e esquecer o passado, diga-me onde posso encontrá-lo — ou venha me ver na redação do *Mirror*, onde estou todas as manhãs a partir das dez horas. Poderemos então conversar sobre os demais assuntos que, pelo menos para mim, são bem menos importantes do que poder contar com sua estima.

Sinceramente,
Edgar A. Poe

para
GEORGE WASHINGTON EVELETH

Trechos de uma das cartas de Poe ao fã G.W. Eveleth, um estudante de Medicina que mandou uma correspondência para o autor em 1845 e desde então virou seu correspondente. Em geral reservado, Poe era bastante franco com Eveleth — como nessa carta, em que comenta a doença e a morte de Virginia com extraordinária franqueza e compartilha planos de ter sua própria revista. Os dois nunca se conheceram pessoalmente, mas Eveleth permaneceu um amigo fiel até a morte de Poe, tornando-se um dos defensores da imagem do autor após os ataques póstumos de Griswold.

Nova York, 4 de janeiro, 1848

Meu caro senhor,

Sua última carta, datada de 26 de julho, termina com "escreva, sim?". Desde então, vi-me em um estado constante de intenção de escrita, até concluir, finalmente, que só escreveria de fato quando tivesse algo definitivo para comentar sobre *The Stylus* e os demais assuntos. [...] Estou "parado" por conta dos preparativos da campanha para a revista; tenho trabalhado também no meu livro e escrito umas besteirinhas, algumas que ainda não foram publicadas, e outras, já. Estou melhor de saúde, ótimo, na verdade. Nunca estive tão bem. [...] O senhor indaga: "Poderia me dar uma ideia do mal terrível que lhe causou vicissitudes tão profundamente lamentadas?". Ora, posso lhe dar mais do que uma "ideia". O "mal" foi o pior que pode suceder a um homem. Há seis anos, uma esposa, a quem amei como nenhum homem jamais amou, estourou um vaso sanguíneo enquanto cantava. Entrei em desespero, temendo por sua vida. Despedi-me dela e sofri todas as angústias de sua morte. Em seguida, ela convalesceu parcialmente e voltei a ter esperanças. Um ano depois, o vaso sanguíneo tornou a romper — passei por tudo novamente. E o mesmo aconteceu após outro ano. E de novo, de novo, mais uma vez e outra, em intervalos variados. Em cada uma dessas ocasiões, senti o pesar de sua morte — e a cada recuperação, amava-a mais intensamente, agarrando-me à sua vida com desesperada obstinação. Sou sensível por natureza, nervoso às raias do exagero. Fiquei louco, com longos intervalos de terrível sanidade. Durante tais acessos de inconsciência absoluta, passei a beber, só Deus sabe com que frequência e com que liberalidade. Meus inimigos acabaram, logicamente, atribuindo a insanidade à bebida e não a bebida à insanidade. Já havia de fato abandonado qualquer esperança de uma cura permanente quando a encontrei na morte de minha esposa. A morte não só posso, como estou conseguindo suportar com dignidade; a tenebrosa e interminável oscilação entre esperança e desespero que me era insuportável, a menos com a perda total da razão. Na morte daquela que era minha vida, recebi uma nova existência, mas, meu Deus, como é melancólica!

E agora, tendo respondido a suas perguntas, deixe-me contar sobre *The Stylus*. Estou determinado a ser editor de minha própria revista. Ser controlado pelos outros é garantia de ruína. Tenho grandes ambições. Se tudo der certo, dentro de dois anos farei fortuna — e muito mais. Meu plano é convencer os amigos e já começar com uma lista de quinhentos assinantes. Com essa lista, posso assumir o negócio. Alguns amigos confiam em mim o bastante para pagar adiantado — seja como for, chegarei lá. Posso contar com sua ajuda? Acho que escrevi demais; não sobrou mais espaço.

Do seu,
E.A. Poe.

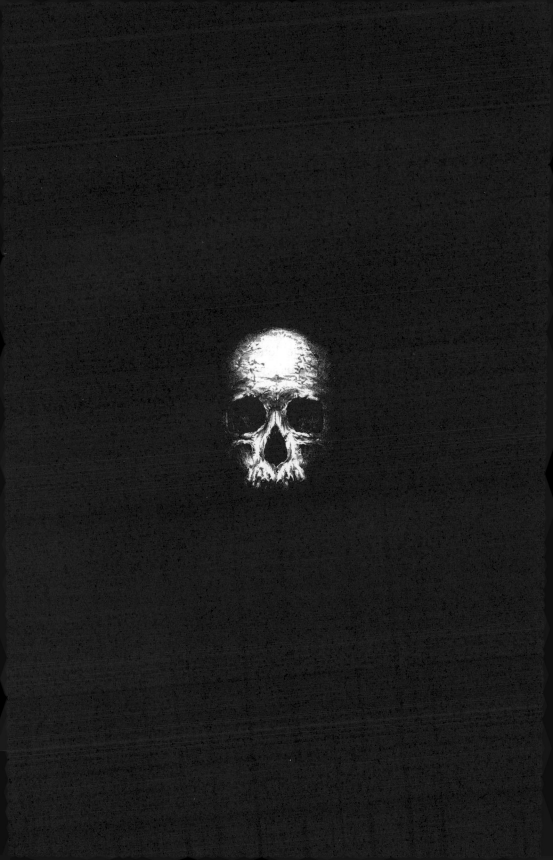

para
MARIA CLEMM

Após a morte de Virginia, em 1847, Poe viu-se envolvido em diversos casos e caos amorosos. Buscando casar-se novamente, cortejou várias mulheres ao mesmo tempo, com resultados desastrosos. Em 1849, um providencial reencontro com uma paixão da adolescência reacende sua esperança de matrimônio: a noiva seria Sarah Elmira Shelton, na época uma rica viúva com dois filhos. Ansioso pelo casamento — que traria conforto emocional e financeiro — ele compartilha com Maria Clemm seus temores e suas expectativas, bem como lamenta o afastamento de uma de suas paixões recentes, Annie Richmond. Sem coragem para enfrentar os filhos e com medo dos excessos alcoólicos de seu pretendente, Elmira protela o casamento. Em menos de dois meses após esta carta, um decepcionado Poe se despediria de Elmira, partindo de Richmond para sua casa em Nova York. Duas semanas depois, morreria em Baltimore. As circunstâncias da morte de Poe continuam um mistério até os dias de hoje.

Noite, quarta-feira, 29 de agosto, 1849

Minha mãezinha tão querida e amada,

Deus queira que esta carta, tão tardia, encontre-a bem; é só o que peço, pois andei mortalmente atormentado por pesadelos horríveis em que a senhora estava doente, indefesa e eu aqui tão longe. Ah, minha querida, minha boa Muddy, é só agora, nessa longa e terrível separação, que tenho a real medida do afeto profundo que sinto por você. Ah, se soubesse como sofro amargamente por não poder lhe enviar algum dinheiro. Mas você conhece o coração do seu Eddy, querida Muddy, e sente que eu mandaria se encontrasse algum jeito de ganhá-lo. Aqui, sem nenhum recurso, forçado pelas circunstâncias a permanecer neste hotel caro, só Deus sabe como tenho lutado para me sustentar. Apenas a resoluta determinação de prosperar por sua causa, para poder dar-lhe conforto na velhice, é o que me dá coragem para continuar tentando. Mas agora, minha mãe amada, anime-se: pois, com a graça de Deus, melhores dias se aproximam para nós dois. A menos que ocorra um imprevisto, sairemos desta pobreza medonha em menos de um mês. Espero mandar-lhe algum dinheiro bem antes disso, mas não sei dizer quanto ainda. Tudo que tenho no mundo, no momento, é um dólar e cinquenta centavos, e preciso que dure por três semanas, aqui nesta cidade estranha (pois não deixa de ser), onde não recebi um único centavo sequer, nem pude arrumar meios de conseguir. Ah, Muddy, doente como eu estava, com o coração dilacerado, sem roupas e no mais profundo desespero, só Deus sabe como sobrevivi. Acredite: em meio ao meu infinito pesar, o que me causa mais angústia é a preocupação que tenho com você. Agora, deixe-me contar tudo o que posso sobre Elmira em uma carta. Estamos de casamento oficialmente marcado para o mês que vem (setembro), mas tenho certeza de que em uma semana, no máximo dez dias, tudo estará resolvido. Estou mandando o último bilhete dela, para que você veja em que pé estamos. Fiquei irritado com ela por querer adiar o casamento para janeiro e mandei uma carta bem severa; estou mandando a resposta dela junto a esta carta. Fizemos as pazes e agora ela pede que eu escreva para a senhora, para anunciar o casamento daqui a um mês. Ela ficou alucinada quando eu disse que estava tudo terminado; foi atrás de mim e rodou a cidade inteira, de modo que todo mundo ficou sabendo sobre nosso noivado. Chegou a circular um boato aqui de que já tínhamos nos casado na quinta-feira passada. A família dela — sobretudo a filha casada — é contra o casamento, porque a união vai prejudicar seus interesses pecuniários, mas Elmira parece disposta a desafiar todos eles. [...] De todo modo, minha querida, querida mãezinha, a senhora não vai mais precisar sofrer como tem sofrido. Vou dedicar minha vida a retribuir toda a sua devoção por mim; o amor que sinto pela senhora é o sentimento mais forte que pulsa em meu coração. Eu abriria mão de tudo neste mundo por você e, se esse casamento não for do seu agrado, saiba que poderemos sempre contar com o amor que sentimos um pelo outro.

Faz quatro semanas que não bebo nada. Fisicamente, estou com saúde, e estaria mentalmente também, não fosse a preocupação medonha que tenho com você. Há outra coisa também, querida mãe, que está me deixando maluco: meu amor por Annie. Eu a idolatro para além da capacidade humana de amar. Minha paixão por ela fica mais forte a cada dia que passa. Não ouso, em meio a esta crise, nem falar nem pensar nela; tenho medo de enlouquecer. Mas, ah, Muddy, se você algum dia amou seu filho, por favor, não deixe que minha Annie pense mal de mim. Escreva para ela, por favor, mãezinha, se meu amor for importante para você. Escreva tudo o que sabe que eu diria a ela, se pudesse vê-la. Na verdade, é impossível expressar ou sequer conceber minha devoção por ela. Meu amor nunca, jamais vai morrer, nem neste mundo, nem no próximo... [...]

Não me conte nada sobre Annie, não vou suportar saber agora — a não ser que me diga que o sr. R. morreu.[1] Consegui a aliança de casamento e acho que não vou ter dificuldade para arrumar um terno.

---

[1] Charles Bradford Richmond, marido de Annie.

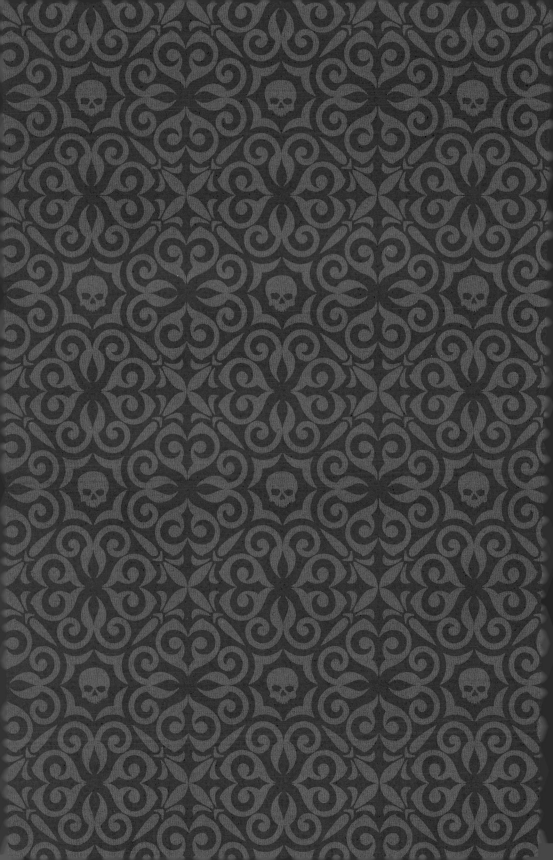

Linha do tempo

LINHA DO TEMPO EDGAR ALLAN POE

1809 • Nasce em Boston no dia 19 de janeiro, filho dos atores David e Elizabeth "Eliza" Poe.

1811 • Eliza Poe morre de tuberculose em Richmond, em 8 de dezembro. John Allan, um rico comerciante local, é persuadido por sua esposa Frances a assumir os cuidados do pequeno Edgar. Os três órfãos se separam: o irmão mais velho de Edgar, William Henry Leonard Poe, vai morar com os avós em Baltimore. A irmã caçula, Rosalie, é adotada pela família Mackenzie, também de Richmond.

1815 • Muda-se para Londres com John e Frances Allan.

1818 • Ainda na Inglaterra, começa a frequentar a escola do reverendo Bransby; a vivência no local servirá de inspiração para seu conto "William Wilson".

1820 • John Allen é obrigado a fechar sua filial inglesa por dificuldades financeiras e a família regressa aos Estados Unidos. Poe é matriculado na Richmond Academy.

1822 • Em 15 de agosto, nasce sua prima Virginia Clemm, em Baltimore.

1825 • John Allan herda uma fortuna inesperada e a família se muda para uma mansão em Richmond, batizada de "Moldavia". Poe fica noivo de sua namorada Sarah Elmira Royster.

1826 • Poe se matricula na Universidade da Virginia. Embora se destaque como aluno exemplar, acumula dívidas de jogos. Pede ajuda financeira para Allan. Contrai novas dívidas e, como Allan se recusa a pagá-las, abandona a faculdade e retorna a Richmond. De volta ao lar, descobre que sua noiva Sarah Elmira está comprometida com outro pretendente.

1827 • Rompe com John Allan e parte para Boston em abril. Tenta ganhar a vida com empregos temporários. Alista-se no Exército com nome falso: Edgar A. Perry. Publica *Tamerlane e outros poemas*, assinando apenas "Um Bostoniano".

1828 — Solicita dispensa do Exército. Descobre que Sarah Elmira casou-se com Alexander Shelton. É transferido para Forte Monroe, Virginia.

1829 — Frances Allan morre em 28 de fevereiro. Poe, que fora promovido a sargento-mor, deixa o Exército em março. Muda-se para Baltimore. Publica *Al Aaraaf, Tamerlane, and Minor Poems*.

1830 — John Allan casa-se novamente e corta ligações com Poe.

1831 — É expulso da Academia Militar em fevereiro. Muda-se para casa da tia Maria Clemm e da prima Virginia. Com a ajuda de antigos companheiros da Academia Militar, financia a publicação de seu terceiro livro de poesia: *Poems*. Seu irmão mais velho William morre de tuberculose.

1833 — Ganha concurso literário com o conto "Manuscrito encontrado numa garrafa", publicado no *Saturday Visitor* em 19 de outubro. Recebe cinquenta dólares como prêmio.

1834 — John Allan morre em 27 de março, sem contemplar Poe em seu testamento.

1835 — Muda-se para Richmond. Publica "Berenice" (março) e "Morella" (abril) na revista literária *Southern Literary Messenger*. Maria Clemm e Virginia mudam-se para casa de Poe, que torna-se colaborador da *Messenger*.

1836 — Casa-se com Virginia Clemm em 16 de maio. Desfruta momento de sucesso como editor não oficial da *Messenger*, aumentando a circulação da revista.

1837 — É demitido da *Messenger* e muda-se para Nova York com Virginia. Desempregado e sem dinheiro, não consegue publicar *The Narrative of Arthur Gordon Pym*.

1838 — Muda-se para Filadélfia, em busca de emprego. Publica seu romance, que é recebido sem entusiasmo pela crítica. Em setembro, "Ligeia" é publicado na revista *The American Museum*.

1839 — Consegue emprego como editor assistente na *Burton's Gentleman's Magazine*. Publica "A Queda da Casa de Usher" em setembro e "William Wilson" em outubro na *Burton's*.

1840 • Lança sua primeira coletânea de contos, *Tales of the Grotesque and Arabesque*, em dois volumes. Rompe com o editor da *Burton's* e abandona o emprego em maio. Publica "O homem da multidão" na *Graham's Magazine*.

1841 • Torna-se editor da *Graham's* em fevereiro, onde publica os seguintes contos: "Os assassinatos da rua Morgue", "Uma descida ao Maelström" e "Nunca aposte a cabeça com o diabo". Conhece Rufus Wilmot Griswold.

1842 • Publica na *Graham's* "O retrato oval" e "O baile da Morte Vermelha". Virginia sofre hemorragia pulmonar; primeiros indícios de tuberculose. Pede demissão da *Graham's*. Publica "Lenore" e "O poço e o pêndulo" no periódico *The Gift* e "O mistério de Marie Rogêt" na *Snowden's Ladies' Companion*.

1843 • Publica "O coração delator" na *Pioneer*. Vence concurso literário com o conto "O escaravelho de ouro"; recebe cem dólares como prêmio. Viaja ministrando palestras sobre poesia. Publica "O gato preto" na revista *The Saturday Evening Post*.

1844 • Muda-se novamente para Nova York, onde inaugura fase produtiva que culmina com diversas publicações. Em abril, o jornal nova-iorquino *The Sun* divulga sua célebre farsa sobre uma viagem transatlântica de balão. Publica "O enterro prematuro" e "A caixa oblonga" no *The Philadelphia Dollar Newspaper*, "O Anjo do Bizarro" na *Columbian Magazine* e "A carta roubada" na coletânea anual *The Gift*. É convidado a compor a equipe editorial do jornal *Evening Mirror*.

1845 • É celebrado com o poema "O corvo", publicado em janeiro no *New York Evening Mirror*. Começa a trabalhar no *Broadway Journal*, tornando-se um dos sócios do jornal. Passa a frequentar os círculos literários nova-iorquinos, onde é reverenciado. Publica "Breve colóquio com uma múmia" em abril no *American Review*, "O demônio da perversidade" em julho na *Graham's* e "A verdade sobre o caso do sr. Valdemar" em dezembro no *American Review*. Apaixona-se pela poeta Frances Sargent Osgood e é correspondido; o flerte platônico torna-se público com troca de poemas no jornal de Poe. Publica uma coletânea de contos em julho e lança, em novembro, uma antologia de poemas. É convidado a ler um poema inédito em Boston, mas engana a plateia apresentando um poema de juventude. Descoberta a farsa, é duramente criticado. Consegue empréstimos e compra o *Broadway Journal*, mas é obrigado a cessar a circulação do jornal meses depois. A saúde de sua mulher Virginia se agrava.

1846 • Preocupado com Virginia, muda-se para um chalé em Fordham, Nova York. Publica "O barril de Amontillado" na *Godey's Lady's Book* e "A filosofia da composição" na *Graham's*. Seus contos, traduzidos para o francês pelo poeta Charles Baudelaire, são aclamados na Europa. Em Nova York, Poe vive na miséria.

1847 • Virginia morre em 30 de janeiro, de tuberculose. Poe adoece.

1848 • Escreve o ensaio filosófico "Eureka", que é publicado em março pela Wiley & Putnam. Viaja para dar palestras; em Massachusetts, se apaixona por Annie Richmond. Começa a se corresponder com Sarah Helen Whitman. Viaja para Providence e a pede em casamento; Sarah Whitman aceita, mas muda de ideia depois. Poe tenta suicídio tomando uma overdose de láudano.

1849 • Publica "Hop-Frog" em março no jornal *The Flag of Our Union*. Reencontra Sarah Elmira, sua antiga namorada de adolescência, que ficou viúva. Ficam noivos. Com planos de casamento e promessas de sobriedade, parte de Richmond para Nova York em 27 de setembro. É encontrado em Baltimore no dia 3 de outubro, delirante e trajando roupas que não são suas. Morre no hospital em 7 de outubro, com apenas quarenta anos de idade.

1. *Eliza Poe (mãe biológica)*

2-3. *John & Frances Allan (pais "adotivos")*

4. Maria Clemm (tía)

5. Virginia Clemm
(prima & esposa)

6. *Rufus Griswold*
(nêmesis & biógrafo)

7. Frances Osgood (flerte)

8. Sarah Helen (noiva em fuga)

9. Annie Richmond (paixonite)

Desaparecido precocemente aos 40 anos, EDGAR ALLAN POE (1809-1849) já ultrapassou dois séculos de seu nascimento em posição privilegiada, responsável não somente por influenciar alguns dos mais importantes escritores das décadas seguintes como também por estabelecer com propriedade caminhos novos e férteis para a literatura ocidental do então século XIX. Jorge Luis Borges, um de seus mais ardorosos fãs, teria dito que "a literatura atual seria inconcebível sem Whitman e Poe". Pensavam de maneira similar escritores como Henry James, Franz Kafka, Thomas Mann, Arthur Conan Doyle, Jules Verne, Charles Baudelaire, Vladimir Nabokov, Oscar Wilde, Fernando Pessoa e Machado de Assis. Com narrativas científicas, misteriosas e policialescas permeadas de terror, horror e suspense, Poe carrega nas costas o título de criador de vários gêneros literários. Outro admirador, o poeta francês Paul Valéry, afirmou ser do autor os primeiros e mais impressionantes exemplos da narrativa científica, além de considerá-lo o responsável por introduzir situações e estados psicologicamente doentios na literatura. Em 1845, "O corvo" trouxe alguma fama a Poe, que havia começado a publicar poemas em 1826, com o dinheiro que seu pai de criação havia lhe dado para sobreviver em Boston. Seus contos começaram a ser compostos na década seguinte, e publicou cinco deles no *Philadelphia Saturday Courier*, em 1832. Depois, até meados dos anos 1840, editou revistas literárias, atuando como crítico e também publicando suas histórias, que começariam a ser editadas em livro em 1838. A tragédia que permeava seus escritos chegou a invadir a própria vida, com a falência do jornal que publicava com C.F. Briggs, seguida da morte de sua esposa, Virginia, em 1847. Predisposto ao álcool, afundou-se na bebida, que, mesmo em pequenas doses, transtornava sua personalidade. Não levaria três anos para morrer de uma forma misteriosa que até hoje suscita discussões. Espancamento, epilepsia, dipsomania, enfarto, intoxicação, hipoglicemia, diabetes, desidrogenase alcoólica, porfiria, *delirium tremens*, raiva, assassinato, envenenamento por monóxido de carbono — as hipóteses são várias. De concreto, sabemos que foi achado "em Baltimore, em uma sórdida taberna, pelo dr. James E. Snodgrass, velho amigo, no dia 3 de outubro, com roupas que não eram suas e em condição deplorável. Encontrava-se em estado de *delirium tremens* e foi levado ainda inconsciente ao Washington College Hospital, onde foi atendido pelo médico residente, o dr. J.J. Moran, e morreu quatro dias depois, no domingo, 7 de outubro de 1849. Foi enterrado no pátio da Westminster Presbyterian Church, em Baltimore, Maryland", conforme escreve James Southall Wilson em sua biografia resumida composta pelo Poe Museum, instituição que cuida da memória do poeta e contista. Incrível e improvável, como nas melhores histórias de Edgar Allan Poe.

Marcia Heloisa é tradutora, professora, pesquisadora e dark desde sempre. Tem trabalhos publicados sobre literatura e cinema de horror e já deu workshops sobre casas mal-assombradas e vampiros. Há quase uma década desafia a caretice da vida acadêmica inserindo seus monstros queridos em aulas, artigos, cursos e congressos. Embora casada com o gótico vitoriano, atualmente anda flertando com o horror moderno e, após um mestrado sobre *Drácula*, concluiu sua tese de doutorado sobre possessão demoníaca e pânicos políticos. Batizou um de seus gatos de Edgar, em homenagem ao Mestre Poe — mas ele só atende por Gaga.

Hokama Souza é ilustrador, graduado em artes visuais, e vive em Juiz de Fora (MG). Trabalhou na capa do livro *The Best Horror of the Year — Volume Seven* (2015), editado por Ellen Datlow e publicado pela Night Shade Books. É fascinado pela arte da gravura, pela natureza e por coisas sombrias, principais influências em seu trabalho. Veja mais em instagram.com/noiaillustration/.